鎌倉であやかしの使い走りやってます

葉嶋ナノハ Nanoha Hashima

ALPHAPOLIS

アルファポリス文庫

https://www.alphapolis.co.jp/

目次

一　逢魔《おうま》が時《とき》の乗客　5
二　佐助の紅葉《もみじ》　68
三　桜の精　147
四　檸檬《れもん》の木　225

一　逢魔《おうま》が時《とき》の乗客

——気づけば「ソレ」を乗せているから、困るのだ。

秋空は青く澄み渡り、風は心地よく、絶好の観光日和《びより》である。十一月下旬の鎌倉《かまくら》は古都を楽しむ人々であふれかえっていた。

鎌倉駅に近い路地裏で、真《まこと》は先輩の大岩《おおいわ》と予約客の最終チェックをする。駐車場に停めてある人力車の準備は万全だ。客待ちチームは駅の東側、真たちが応対する予約客チームは西側で待機していた。

「志木《しき》、調子はどうだ？　緊張してるか？」

「してます」

真が答えると、大岩が片眉を吊り上げる。

「まったくそうは見えないが」

「もとからこういう顔なんですって。普通に緊張しまくってますし、不安ですし、自信もありませんよ」

　真は苦笑しながら否定した。

「研修のときのようにすれば間違いないさ。ちゃんとできていたんだから大丈夫だ。だが無理はするな。お客様の安全第一だぞ?」

「はい、安全第一で頑張ります」

　真は背筋を伸ばして、大岩を見上げる。

　黒髪と日に焼けた肌を持つ大岩は、背が高い。百六十八センチの真の身長を、十五センチは優に超えている。筋肉質の引き締まった体格と男らしい端整な顔は、いかにも人力車を牽《ひ》くイケメン俥夫《しゃふ》といった風貌だ。年齢は二十四歳と聞いている。

　真の父が経営する人力車の会社「鎌俥夫《かましゃふ》」。大岩はそこで働く俥夫《しゃふ》だ。

　俥夫《しゃふ》とは、客を乗せた人力車を牽《ひ》く者のことである。

　人力車は明治・大正の頃、移動手段に用いられていたが、現在は観光地でのガイド役として活躍している。

　大岩は、俥夫《しゃふ》のバイトを始めた研修生の真に、人力車の構造や牽《ひ》き方、ガイドや客への対応など、厳しく教えてくれた先輩のひとりだ。

　そして今日はめでたく卒業検定に合格した真の、俥夫《しゃふ》デビューの日である。

　真は視線を落とし、自分の姿を確認した。

足首まである黒い股引《ももひき》。足元はエアークッション入りの黒い地下足袋《じかたび》を履いている。白いTシャツの上に藍色《あいいろ》の腹掛けを着け、背中に屋号「鎌俥夫《かましゃふ》」の文字がプリントされた法被《はっぴ》を羽織《はお》っていた。どこから見ても典型的な俥夫《しゃふ》スタイルである。

真が新人だろうが緊張していようが、客にとっては立派な俥夫《しゃふ》なのだ。弱気な姿を見せれば、客に余計な不安を抱かせてしまうだろう。

「よし、やるぞ……！」

真は自分の両頬を軽く叩《たた》いて気合を入れた。

すると、大岩が切れ長の目でこちらを見下ろす。

「ところで志木、お前、今日が誕生日でいいんだよな？　二十歳《はたち》の」

「は……？」

「違ったか？」

眉をひそめた真に、大岩が首をひねる。

「違いませんけど、なんで僕の誕生日なんか知ってるんですか？　教えてないのに、キモ……」

「きも？」

思わず心の声が口をついて出てしまい言葉を濁らせた真だが、後の祭りである。

「え、いやあの」

しまったと焦《あせ》る真の顔を、大岩が覗《のぞ》き込んだ。

「肝がどうした、食いたいのか？」

「いえ、別に食べたくはありません。……なんでもないです」

「腹が減ってるなら、今のうちに口に放り込んどけ」

「あ、ありがとうございます」

大岩から、ひと口サイズのクッキーが入った小袋を受け取る。真は大岩に気づかれなかったことに、胸をなで下ろした。

「とにかく今日で二十歳《はたち》だな？」

「一応、今日が誕生日で二十歳です。疑うなら父に確認してください。年齢詐称はしていません」

父の会社は十八歳以上の者を俥夫《しゃふ》として採用している。もちろん、真も規定を満たしている……はずだ。

真は大岩の答えを待った。

もし、大岩を含めた先輩方による真への誕生日サプライズなどであれば、わざわざ本人に確認するのは変だ。大岩が父にでも聞いたのか、個人的に真の誕生日を調べていたのだと思われる。

「キモい」と感じてしまったのは、真が勝手にプライベートを探られるのが、ことのほか苦手だからだった。

「すまん。その……確認だ」

大岩は頭を掻《か》きながら困ったふうに笑い、次の瞬間、真顔に戻った。

「ところで志木」

このセリフは研修のときから何度も聞いた。ところで志木、の後に必ず質問を浴びせてくる。そのたびに向けられる大岩の視線も、真は苦手だ。

人を試すような、それでいて有無を言わせない力を持つ大岩のまなざしが、居心地悪くて仕方がない。思い出したくない「何か」が、真の中に甦《よみがえ》りそうな予感で胸がざわつく。

とはいえ、彼とは人力車の研修で初対面の仲だ。単に真が大岩を苦手だから、ちょっとした警戒心を抱いてしまうのだろう。

「なんですか？」

真は気持ちを切り替え、笑顔で返事をした。

「お前の様子が普段とまったく同じに見えるんだが、変化はないのか？　いや、あるだろう？　隠すことはないんだぞ？　俺はおかしいなどと思わんのだから」

「緊張はしてますが、体調は万全ですのでご心配なく」

「そういう意味じゃなくてな。ほら、あの塀の上を何かが歩いてるとか、茂みに変なもんが座ってるとか、見えるだろう？」

真は大岩が指さしたほうを振り仰《あお》いだ。

ブロック塀の上には何もいない。視線を落として茂みを注意するも、三毛猫《みけねこ》が丸くなっているくらいで、彼の言う「変なもん」は見当たらなかった。

「志木、俺はお前の味方だ。正直に言っていいんだからな？」

「いえ、特に変なものはいないと思うんですが。猫以外に何かいます？　僕、目はいいほうなんですけど……」

目を凝《こ》らす真のとなりで、突然大岩がしゃがみ込む。彼は大きな手で、がばっと頭を抱えた。

「しまった！　生まれた時間だ！　俺としたことが聞いておくのをすっかり忘れてた！　のんべんだらりと長い時を過ごしたせいで、こんな簡単な確認を怠《おこた》るとは情けない……うつけだ、うつけもんだ！　今日という日が来れば自動的にそうなっているものだと思い込んでいた！」

大岩はブツブツ言いつつ、頭を左右に振っている。

「大岩さん、ヤバいな……」

尋常《じんじょう》ではない彼の様子に、真は一歩下がった。あたりを見回し、まだ予約客らしき人が見えないことにホッとする。

動揺する新人俥夫《しゃふ》と、ぶつくさ言って頭を掻《か》きむしるベテラン俥夫《しゃふ》。どちらも背中に「鎌俥夫《しゃふ》」の屋号を背負っているのだから、どこの誰かは明白だ。こんな光景をSNSで拡散されてはたまったものではない。

「大岩さん、落ち着いてください。僕がおかしなことを言ったなら謝ります。よく見えなかっただけかもしれません。いったい何がいるんですか？」

真は大岩をなだめるように話しかける。

「違うんだ」

しゃがんだまま、大岩が顔を上げた。刺すような視線を向けられて真の体が硬直する。これは、苦手ゆえの警戒心ではないと感じた。この強い視線を過去に浴びたことがあるのだ。

けれど、いつ、どこで……？

「お前が生まれたのは何時だ？　社長に連絡すればわかるか？」

立ち上がった大岩の声は落ち着きを取り戻している。不思議なことに、真の緊張もそこで解けた。

ふう、と小さく息を吐いて、真は答える。

「僕が生まれた時間ですか？　それは父に聞いてもわからないと思います。家にいる母も答えられないかと」

「そういうものなのか」

「え、ええ、まぁ」

僕の場合は——と付け足そうとしたが、やめた。バイトの先輩に自分の素性を説明する必要はない。

「とりあえず、まだ見えないらしいな」

大岩は日焼けした腕についている時計を見た。彼は法被《はっぴ》を羽織《はお》らず、半袖《はんそで》Tシャツに腹掛け姿だ。

「日の入りは四時半頃か。有り得るかもしれん。いや、もしかするとこのまま何も起こらない可能性も、なきにしもあらずというか、それなら知らないままでいたほうが安全か……、時間が重ならなければいいんだしな」

「なんなんですか、さっきから」

訝《いぶか》しむ真の両肩を大岩が掴んだ。彼の手に、ぐっと力が込められる。

「いいか、志木。四時から五時の間は絶対に客を乗せるな。約束しろ。他の時間ならまぁ、なんとかなる。観光客も多いし」

大岩の必死な形相が迫ってきた。

「でもこの時期、鎌倖夫《しゃふ》の営業は五時くらいまでですよね？　営業中に乗せるなというのは無理があるのでは」

　基本的に、鎌倖夫《しゃふ》では年間を通して客を乗せるのは日没までと決まっている。日の入りが四時半なら、真っ暗になる五時頃には撤収できるように予定を組むのだ。

　もっとも客の要望により、営業時間外の利用を受け付けることもある。

「俺はその時間に予約が入ってて、お前に何かあったとしても、そっちに行けないいんだよ」

「大岩さんが来なくても僕ひとりで大丈夫ですよ。その時間にはさすがに緊張もほぐれているでしょうし」

　大きなナリをしているクセに、意外と心配性な先輩だ。

「だがな――」

「すみませーん。予約していた者ですが」

　そのとき、ふたりの女性客が現れた。満面の笑みに変わった大岩は真の肩から手を離し、くるりと彼女らに振り向く。

「はいっ、いらっしゃいませ！　ご予約の吉野《よしの》様ですね。少々お待ちください。志木……」

　再びこちらを向いた大岩はしかめっ面《つら》に戻り、声のトーンを落とす。

「四時から五時の間は絶対に客を乗せるなよ？　その時間は神社にも寺にも近づくな。いいか、行くなよ？　わかったか？　絶対行くなよ？」

これは行けというネタ振りか？

彼の言葉が本気なら、寺社仏閣が多々存在する鎌倉において、無理難題というものだ。

「乗車拒否してクレームがついたら、全部大岩さんにお任せしますからね」

大岩に合わせて小声で抗議する。

「ああ、それでいい。何かあったら、その場で俺の下の名を呼べ。風吹《ふぶき》だ。大声で、ふ、ぶ、き、だぞ？」

「いえ、電話します」

実はかなりヤバい先輩だったのかもしれない。しかし短期間とはいえお世話になっているのだ。大声で呼ぶのは無理だが、大岩の言葉を心に留めておくことにした。

大岩に訊《たず》ねられたとおり、今日は真の誕生日だ。そして父方の祖父――志木彦蔵《ひこぞう》の命日でもある。

真の六歳の誕生日に祖父は亡くなった。

真に祖父の記憶はない。それどころか、小学校に入学するまでの記憶がすべて抜けている。写真やビデオ録画を見せられても、何ひとつピンとこなかった。病院に通いもしたが原因は未だに謎である。

祖父は鎌倉に住んでいた。祖母は真が生まれる前に亡くなっている。真も幼い頃、両親とともに祖父の家に同居していたが、祖父亡きあと、鎌倉を出て横浜に引っ越した。そして三か月前、十数年ぶりに、真たちは鎌倉の家に戻ってきたのである。

なぜ、再びそこに住むことになったのか。

鎌倉に本社を置く鎌俥夫《しゃふ》が忙しくなったためだと説明をされていたが、真は釈然《しゃくぜん》としない。

横浜のマンションは快適で、徒歩圏に商業施設がいくつもあり、買い物やヒマつぶしに困らない大都会だった。大学も近い。

横浜と鎌倉は電車で数駅の距離。ほったらかしだった鎌倉の古い家にわざわざ戻ってこなくても、父の通勤に支障はないはずだ。

だから、鎌倉に来た本当の理由は別のところにある気がしていた。

だが、真は両親の決定に異を唱えたりしない。

人力車のバイトを父に勧められたときも、素直にうなずいた。父は自分に会社を継がせたいのだろうと、大学の専攻に経営学を選んだくらいだ。彼らの期待を拒否する理由など、探す時間が無駄である。

両親の望むとおりに、彼らが喜ぶように、生きていく。

それが一番の親孝行であり、真自身の幸福なのだ。

これからも、ずっと。それは変わらない。

「――鎌倉って、妖怪の伝説とか、そういうのはあるんですか？」

通りを曲がったところで、乗客から訊《たず》ねられた。真にとって第一号の予約客ふたりだ。有給休暇を利用したという二十代後半の彼女らは、レンタル衣裳の店で着物に着替え、鎌倉観光を楽しんでいる。

「鎌倉は寺社仏閣がたくさんありますよね？　だから京都みたいに、あやかしの伝説や不思議なことが起こりそうって、期待して来たんです」

「私たち、そういう話が好きなんですよ～」

ふたりの声は楽しげだ。

「そうですね。鎌倉にも伝説はたくさんあります。でも僕、新人なので、まだそのたぐいに出会ったことはないんですよ」

真は失礼のないよう頭の中をフル回転させて、声の調子を上げた。

「あはは、そっか、新人さんなんですね。人力車のお仕事はどうですか？」

「鎌倉の街をこうして案内させてもらえるのは、とても楽しいです。まだまだ覚えることがたくさんあって勉強中ですが、頑張ります」

チラリと振り返って照れ笑いを見せる。ふたりは「可愛いよね」、「初々《ういうい》しい」などと言って肩を揺らした。研修中に習得した営業スマイルは成功らしい。

「お兄さん、あんまり人力車を牽《ひ》く人って感じに見えないですよねー」

「俥夫《しゃふ》さんって、もっとがっちりした人が多いのかと思ってました」

けれど、続いた言葉に、完璧だったはずの笑顔がたちまち引きつる。

真は陸上部だった高校時代から、毎朝ランニングと筋トレをしていた。そのため、脂肪の少ない筋肉質の体になり、どうやっても着やせして見える。童顔と相まって頼りなく感じるのだろう。

「脱げばすごいんですけどね、お見せできなくて残念です」

きゃーと笑う女性らと一緒に真も笑い、気を取り直してガイドを始めた。

「奥の突《つ》き当たりに見えるのが、宝戒寺《ほうかいじ》です。こちらは境内に咲く萩《はぎ》が有名で――」

笑っていた女性客らは、ふんふんと真の話に耳を傾ける。

古都鎌倉は、神奈川《かながわ》県の代表的な観光地。源頼朝《みなもとのよりとも》がここに幕府をひらいたのは、あまりにも有名だ。

三方を山が囲い、残りの一方が海というこの街は、緑豊かな景観と青い海を同時に楽しめる贅沢《ぜいたく》な場所である。また、歴史ある寺社仏閣や建造物、老舗《しにせ》店と話題の新しい店が違和感なく溶け込んでいるのも魅力だ。

人気《にんき》の江《え》ノ電《でん》や、夏は特に賑わいを見せる湘南《しょうなん》の海など……話題が尽きない。

とはいえ、鬼だ天狗《てんぐ》だと、得体の知れないあやかしを期待する観光客がいることに、真は内心驚いていた。歴史ある鎌倉という場所柄ゆえか？

その後、三組目の客の会計を済ませた真は、彼女らに社のアンケート葉書を渡した。一緒に記念写真を撮り、無事終了だ。

「ありがとうございました！　よい旅を！」

深くお辞儀をして挨拶《あいさつ》をする。「ありがとう」と、笑った客と手を振り合って、彼女らが宿に入るのを見送った。

最近は一見カフェに見える小さなホテルが人気《にんき》だ。オシャレな上に宿泊料金が安いので外国人観光客もよく利用するらしい。

「楽しんでもらってよかった。もっともっと勉強しなきゃだけど」

真は人力車に戻りながら、この仕事は意外と自分に合っているかもしれない、と思い始めていた。

彼は音や光、匂いに敏感で、雑踏が苦手だ。普段からアイマスク、ヘッドホン、マスクを愛用している。表情には出さないようにしているが、人の気持ちにも過敏に反応して、相手の表情ひとつで勝手に疲れてしまう。

そんな自分にとって、コミュニケーション必須の俥夫《しゃふ》は恐ろしい職業だと覚悟していたが、いざやってみると、違った。

一度に接するのは最大でふたりの客だけなので誤解が生まれにくい。その上、案内するのは寺社仏閣という静かな場所だ。人が多くとも大声を出す人はいないし、豊かな自然の中を走るのは気持ちがいい。

「とにかく頑張ろう、うん！」

腕を上に上げ、大きく伸びをする。

カァ、とカラスの大きな鳴き声が降ってきた。

ここのところ、秋の日暮れが一段と早く感じられる。こんな曖昧《あいまい》な薄暗がりの時間帯をなんと言ったか。夕暮れ時、黄昏時《たそがれどき》、他にもうひとつあったような――

真は腕時計を見た。午後四時になろうとしている。

腰に提《さ》げた袋を探ってスマホを取り出すと、大岩からメッセージが入っていた。その数の多さに辟易《へきえき》する。

「何かあったら呼べ、変なもんは見えないか、腹は減ってないか、具合は悪くないかって……。仕事以外の心配ばっかりしてるけど、なんなんだこの人」

今日の予約客はこれで終わりだ。このあとは鎌倉駅近くまで戻り、客待ちをする。客が見つかれば乗せ、何もなければ営業終了である。

「ここから駅まで十五分くらい、か」

真は踏み台と車止めを片づけ、人力車を牽《ひ》き始めた。

すでに空気は冷たく、冬の始まりを頬で感じる。街灯の少ない路地に真以外の人は見当たらない。

一か月前まで住んでいた横浜に比べると、平日の鎌倉の夕方は圧倒的に静かだ。新人がひとりで客を乗せて走るには、寺社仏閣周辺の道はあたりが見えにくく危ない時間かもしれない。大岩が気を揉《も》むのも無理はないか……

だが、鎌倉では参拝時間が午後四時半までの所が多い。大岩が心配せずとも、今から客を乗せて神社に行く確率は極めて低いだろう。

「ねーねー、おにーさん。オーテングどこ？」

「え？」

不意に聞こえた子どもの声に真は立ち止まった。振り向き、ぎょっとする。子どもは白い着物に赤い袴《はかま》、丸いボンボンのついた袈裟《けさ》を肩に掛けていた。これは山伏《やまぶし》の格好だ。烏《からす》みたいなくちばしがついた天狗《てんぐ》の面で顔を覆《おお》い、手に小さな剣を持っている。背中には黒い羽が生えていた。

薄暗がりの路地に白い衣裳がぼんやりと浮かび上がり、少々不気味だ。

「おにーさん、オレのこと見えるんだ？　やったぁ」

万歳をした子どもの、おかっぱの黒髪がサラサラと風になびいた。

異様な姿に一瞬たじろいだ真だが、すぐに気づく。先月は十月だ。未だにこのような格好をして歩いていても、子どもなら不思議ではない。

「ハロウィンの衣裳かな？　イベントが終わってても着てるってことは、とても気に入ってるんだね。お家の人はどこにいるの？」

笑顔で話しかけると、子どもは首をかしげた。

「はろい？　何それ。お家の人なんかいないよ。オレひとりー」

言い終えるが早いか、子どもは人力車の座席に飛び乗った。どのように上ったのかわからないほどに、すさまじく素早い。

「いつの間に……」

「早く走って、走って」

じたばたしている小さな足は下駄《げたば》履きだ。それも一本歯である。履き慣れれば、子どもでもこんな下駄《げた》で飛び上がれるのか。

感心する気持ちとは別に、胸にざわつきが生まれた。

「勝手に子どもを乗せて走り回るわけにはいかないんだよ。ここで、君と一緒に来た人を待とうね」

「だからオレひとりだってば」

怒り声の子どもを、真はじっと見つめる。

本当にひとりなのだろうか？　こんな時間に？　そういえば、先ほどから誰とも会わない。車も通らない。ここは住宅街とはいえ、鎌倉の観光地だ。人っ子ひとり歩いていないのは、おかしい。

妙な胸騒ぎと同時に耳鳴りが起こった。敏感すぎるがゆえの、心配性の発動である。

真は急いで手元のスマホをタップする。

「お家の人がいないなら、お巡りさんに来てもらおうね。いま連絡してあげ――わっ！」

話の途中で子どもに抱きつかれた。

子どもは真の胸元に、びたっと張りつき、顔を押しつけている。天狗《てんぐ》面が当たって痛い。面は祭りで売っているようなプラスチック製ではなく、木製だ。よく見ればところどころ黒ずんでおり、年季が入った品に思える。

恐る恐る子どもを抱っこしてみると、とてつもなく軽い。背中の羽が、ほんのり体温を持っていた。これではまるで本物の羽ではないか？

「おっかしいなぁ。おにーさんからオーテングの匂いがするんだけど……ほんとに知らないの？」

子どもは真の腹掛けに面の頬をすりすりしながら、何度も深呼吸している。真も気を落ち着かせるために呼吸を整えた。

「オーテング、とかいうのはわからないけど、僕はそんなに臭いの？」

「ううん、とってもいい匂いだよ。なんか別の匂いもするけど、もういいや」

顔を上げた子どもが、面を外した。

クリッとした大きな黒目、頬にうっすら赤みが差している。可愛らしい子どもの顔に安堵《あんど》したのもつかの間……。

腕の中の子どもが、にーっと笑った。その唇の端が徐々に上がり、面の作りと似たくちばしの形に変わっていく。

「え……」

真の背中に、我慢していた冷汗がどっと噴き出た。

子どもは烏《からす》のくちばしそっくりになった口を、パクパクと動かす。

「そうそう、さっきオオモノがあっちにいた。気をつけて。これからおにーさんのところに来るみたい。おにーさん、いい匂いがするから、他のもたくさん来るかもね。じゃーねー」

「うぷっ」

目の前が真っ黒い羽でいっぱいになる。柔らかさと硬さの交じる感触が、真の鼻や頬や額《ひたい》を、ばさばさとなでた。

しばらくしてまぶたを開けた真の前には、もう子どもの姿はない。

「は？　え？　消えた？　何？」

路地はもちろん、人力車の座席にも、下にも、幌《ほろ》の上にも、周りにも、どこにもいない。路地には真ひとりだった。

最初に乗せた客の言葉が思い出される。

――鎌倉って、妖怪の伝説とか、そういうのはあるんですか？

背中が総毛立《そうけだ》つ。感情よりも先に反応した体をさすり、ふうと息を吐いた。さっきから何度目の深呼吸だろうか。

「……これは、疲れだ。俥夫《しゃふ》初日の緊張と疲れによる幻覚、そして幻聴が現れただけ。家でゆっくり休めば問題ない。あやかしなどという非現実的なものを、僕は信じない」

自分を鼓舞するごとく、ひとりごちる。

「すみません」

「うはっ、はいっ！」

そのとき、またも後ろから声をかけられ、真は飛び上がりそうになった。振り向くと高齢の男性がこちらを見つめている。いつからいたのだろう。

「乗せてもらえますかね？」

男性は遠慮がちに人力車を指さした。反対の手に持った杖《つえ》で細い体を支えている。

頭にハンチング帽をのせ、品のよいジャケットを着ていた。

「どちらまででしょうか？」

「予約していないとダメですか、やっぱり」

「いえ、そんなことはないんですが、かかる時間や距離によって料金が変わるんです。ですので、先にご説明を――」

「お金ならいくらでも。ほら、こんなにありますよ」

男性はジャケットの内ポケットから財布を出し、中身を見せる。ざっと見、四、五十枚はお札が入っていた。

「えっ、いや、そんなにたくさんいただけるような距離は走れません」

「そこの荏柄天神社《えがらてんじんしゃ》までですよ。足が痛いんだが、タクシーが掴まらなくて困ってたんだ」

タクシー代わりに人力車を使う人がいるという話は聞いていた。その場合、通常コースの時間と距離の料金を提示し、納得してもらう。

「それは大変でしたね。荏柄天神社まででしたら、最低料金で大丈夫ですよ」

「ありがとう、助かるなぁ。これで孫の受験のお守りが買える」

男性は皺《しわ》を深くして、嬉しそうに笑った。

真はチラリと腕時計を見る。四時五分。大岩との約束を破ってしまうことになるが、このような好々爺《こうこうや》然とした客を無下にはできない。慎重に進めば、薄暗くとも危険はないだろう。

「あの、荏柄天神社の閉門は四時半なんですが、よろしいですか？」

「すぐに済ませますので、お願いします。ああ、神社の案内はいらないですよ」

「かしこまりました」

真は決められているとおり会社に仕事を受けた連絡を入れてから、男性を人力車に乗せた。近づいて気づく。男性がイヤな臭いを発しているのだ。だが、客の前で顔をしかめるわけにもいかない。

平静を装《よそお》い、運転する側に立つ。そして素早く梶棒《かじぼう》を掴んだ。

「では動かしますね。お寒くないですか？」

「ええ、大丈夫ですよ。この赤い膝掛けのおかげで暖かいです」

「それは良かったです。では出発――うぐうっ！」

踏ん張った足元がぐらつくほどの重みに、おかしな呻《うめ》き声が出る。人力車の後方についている転倒防止用の棒がなければ、客を乗せたまま後ろにひっくり返ったかもしれない。

「どうされました？」

驚くでもなく、男性がおっとりと訊《たず》ねる。

「は……いえ、申し訳ありません！」

「重かったですか？　こちらこそ申し訳ない」

「いえ、そんなことはないんです。まだ新人なもので、腕が未熟で……、大変失礼いたしました！」

今日案内した客はすべてふたり組だったが、こんなことはなかった。今乗せているのは、痩《や》せ気味の高齢男性ひとりではないか。どう見ても、ふたり分より軽いはずなのに、おかしい。

真は額《ひたい》の汗を拭《ぬぐ》い、体勢を整えた。すると不思議なことに軽々と人力車が牽《ひ》ける。あの重さはなんだったのか。やはり今日の疲れが溜まっていたのか。

「まぁ、見える人としては新人ですものねぇ、あなた」

「……はぁ」

男性が言う「見える人」とはなんだろうと思いつつ、真は曖昧《あいまい》な相槌《あいづち》を打った。

鎌倉を代表する学問の神として、多くの人が訪れる荏柄天神社は、福岡《ふくおか》の太宰府天《だざいふてん》満宮《まんぐう》、京都《きょうと》の北野天満宮《きたのてんまんぐう》とともに三古天神と称され、菅原道真《すがわらのみちざね》を祀《まつ》っている。創建は平安時代後期と言われる鎌倉の古社だ。

道真公亡き後、天変地異が続くのは彼の無念のためと考えられていたが、あるとき、荏柄天神社に突然の嵐とともに黒色の束帯《そくたい》姿をした天神画像の巻物が降ってきた。雷雨をも操る力を持つ天神イコール道真公と考えた源頼朝は、荏柄天神社を鬼門の鎮守《ちんじゅ》とし、改めて社殿を造立したという。

真も研修中に何度か訪れている神社だ。

路地を、その神社に向かって進む。走らずにゆっくり進むのは男性のリクエストだ。揺れが体の負担になるらしい。

夕闇が迫る路地は、歩いている人の顔が見えづらかった。

すれ違いざまに、人間とは違う異様な顔が見えた気がしてハッとするも、あり得ないことをいちいち確認するヒマはない。最初はそうやってスルーしていたのだが、神社に着くまで似たようなことが何度も起こり、さすがに神経が疲弊《ひへい》した。

真がここまで神経質になっているのは、男性が発するイヤな臭いのせいだ。

人力車を走らせれば、自然に前から後ろへ風が抜けていく。その風にも負けず、腐った肉に似た臭いが、後ろの座席から絶え間なく漂《ただよ》ってくるのだ。

神社へ近づくに連れてそれはどんどん増し、今や鼻をつまみたくなるほどの強烈な腐臭をまき散らしている。

「到着です。お疲れさまでした」

どうにか営業スマイルで対応できた。男性を人力車から降ろして料金を受け取り、挨拶《あいさつ》をして終了だ。

男性は神社へ向かう階段をゆっくり上っていく。一番上まで上りきった姿を確認して、スマホで鎌倖夫《しゃふ》に終了のメッセージを送る。

大岩のメッセージが、未だにしつこく入っていた。そちらにもひとこと「大丈夫です」と返答する。

「俥夫《しゃふ》さん。やっぱりお参りについてきてくださいますか？」

いつの間にか戻ってきた男性が、真の前にいた。驚いた真の心臓がバクバクと大きな音を立てる。男性の足音が聞こえなかったのは、メッセージに集中していたせいか。

「目が悪くて、この時間はよく見えなくって」

「え、ええ、大丈夫です。一緒に行きましょう」

最低料金をもらうのが申し訳ないくらいの近距離だったのだ。臭いが気になるとはいえ、断るのは失礼だろう。

「ああ、ありがたい。本当にいいお方だ。参拝時間は四時半までとおっしゃいましたよね？」

「はい」

「では急ぎましょう。ふっふ」

男性は人懐っこい笑顔を向け、真の手首を強く掴んだ。そしてぐいぐいと引っ張り、再び階段を上り始める。

「あの――」

「腹が減って仕方がなかったもので助かります。いやぁ、本当にいいお方だ」

真を振り向きもせず、男性がハハハッと笑った。その息は目に沁みるほど、臭い。男性は杖《つえ》を使わずに異様な速さで階段を駆け上がる。足の痛みはどこへ行ったのだろう。

真は引きずられるようにして、後をついていく。

門を抜けたふたりは境内に足を踏み入れた。すでに日は落ち、社務所も、紅塗りの御本殿も草木も、暗闇に呑み込まれそうになっている。

いや、まだ参拝時間内だ。建物や外灯に明かりがついていないのは奇妙ではないか。

「バカだねぇ、こんな時間にのこのこと」

「え？」

声がしたほうには誰もいなかった。

「ああ、気にしないでください。雑魚《ざこ》のたわごとです。ささ、早く、早く」

立ち止まろうとした真の手首を、そう言って男性が引っ張る。おかしなことに、なぜかその手を振《ふ》り解《ほど》けないのだ。男性の手は、真の手首に貼りついたように食い込んでいる。

「にわかだね。ありゃぁ、にわかだ」

「若者じゃん。鎌倉のことなんざ、何も知らないんだろ」

「見えるってのも大変だ」

「おこぼれをもらえるか、もらえないか。賭けようじゃないか」

すぐそばで会話が聞こえるのに、真を引っ張る男性と自分以外は誰もいない。

御本殿がやけに遠く感じた。ここの参道は短かったはずなのに。

いくら前に進んでもたどり着かない。臭い。臭い。目が痛い。

「新人さんならやっぱりねぇ。どうりでいい匂いがすると思ったんですよ」

ようやく男性が足を止めた。真の手が解放される。男性は頭のハンチング帽を静かに取った。

真はイヤな音を立てている胸元に手を当て、法被《はっぴ》をぎゅっと掴む。

「そんなに僕……臭いますかね？」

男性の背中に問いかけた。

自分こそ腐った臭いを振りまいている男性が言うのだ。よっぽど真も臭うのだろう。

そういえば、先ほど出会った子どもにも、同じことを言われたではないか。

いやあれは、幻覚だった。

「ええ。本当に旨《うま》そうな、いい香りですよ。誰の手もついていない、新人さんにありつけるとはありがたい」

男性は振り返りざま、にっと笑った。その顔がたちまちふくれ上がる。目と鼻は消え、残った口が大きく三日月《みかづき》を描いた。細い体はそのままに、頭だけ直径一メートル以上にもなる。

「な、なんだこれ」

後ずさるや否《いな》や、変わり果てた男性に胸元を掴まれ、そのまま高く掲《かか》げられた。真の体が宙に浮く。

「く、るし……っ」

男の手を引きはがそうとしたが、びくともしない。体をじたばたさせるたびに首が締まっていく。

「おや？　お前、よく嗅《か》いでみれば彦蔵の匂いがするねぇ？」

祖父と同じ名を、男が口にする。

「もしやお前は彦蔵なのか？　ずいぶんとまぁ、見目がよくなったもんだが……。ん？　なんだろか、彦蔵だけじゃないな、別の匂いもするぞ？　まさかこれは――」

鼻のない巨大な顔が、真の腹や足をクンクンと嗅《か》ぎ始《はじ》めた。腐臭にまみれて鼻が曲がりそうだ。

「は、放せえっ！」

真は声を振り絞り、男の腹を思いきり蹴った。驚いた男が真を地面に放る。背中から落とされ、呼吸が一瞬止まった。

「ふん。人のくせに私の力を退《しりぞ》けようだなんて、生意気だな」

どうにか上半身だけ起こして、真は男を見上げる。この隙《すき》に場を離れたいのだが、体が痛くて動けない。

「おい、まさかお前が『おつかいモノ』じゃあないだろうね？」

「……おつかい、モノ？」

聞き慣れない言葉だ。それよりも、男の声色が変わったのが気になる。

「彦蔵の匂いがする、ワタシが見える、ワタシに抵抗できる……。やっぱりお前は『おつかいモノ』だ」

言い残して男が消えた。

小さな何かが真の周りにわらわらとやってくる。それらは皆、人の形をしていない。動物でもなかった。

目がひとつのモノ、足が一本のモノ、頭に角が生えたモノ、動物の顔をしているモノ、足がないモノ……。それらはすべて人ならざるモノだ。

幼い頃に、このような妖怪たちを見たことがある。いや、見ていた。毎日、いつでもどこでも、奴らは真のそばに来て、怖がらせたのだ。

――真。相手にしちゃいけないよ。お前が見ると奴らも気づく。気づけばいつの間にか近寄ってきて離れやしないんだ。

祖父の声だ。ずっと忘れていた、自分を可愛がってくれた、懐かしい祖父の――

◇◆

視界が揺れ、真はいつの間にか別の場所にいた。

ここは鎌倉の家。祖父――彦蔵の部屋だ。

天狗《てんぐ》面で顔を覆《おお》った大男の前で、幼い真が立ちすくんでいる。男は赤い装束に身を包み、背に大きな黒い羽を背負っていた。

「真よ。お前が二十歳《はたち》を迎える日、再び『見える』ようになる。家族と一緒に死にたくないのなら、耐えろ」

大男が真の額《ひたい》に手を当てた。天狗《てんぐ》面の目がくりぬかれている。そこから覗《のぞ》く大男の瞳が光った。刺すような視線が真を捉《とら》え、動けなくする。

真は、自分がなぜこのような目に遭《あ》っているのか、わからなかった。

どうして知らない大男が家の中にいるのだろう。昨日亡くなったばかりの祖父の部屋に、なぜ……？

優しかった祖父を思い出し、涙が込み上げる。

来年の春、小学校へ入学する真のために机とランドセルを買ってくれた。あんなにも楽しみにしてくれていた祖父は布団に横たわっている。もう二度と起きることは、ない――

「よいな？　すべて忘れるんだ」

大男の放った言葉とともに、真はその場に倒れた。

◇

◆

目覚めた真は、元いた荏柄天神社の境内にいた。あたりはまるで変わっていない。

「なんだ、今の？　……夢？」

声を漏らした瞬間、消えていたはずの巨頭男が現れ、真の体を押し倒す。

「何を、ふぐうっ！」

真の上半身に、男の全体重がかけられる。男性を人力車に乗せたときの、とてつもない重さと同等かもしれない。

「本当におつかいモノならワタシに従え。できぬなら、お前はワタシに食われるしかないよ」

「意味がわからな、やめっ……」

唸《うな》る真に、のっぺりした顔が迫る。生ぬるく臭い息が鼻にかかり、反射的に顔を背《そむ》けた。

「わからないなら思い出せ。ほーれ、ほれ」

男に踏みつけられている体が、ぎしぎし軋《きし》む。このままでは骨が折れる。いや、その前に食われてしまう。……わけのわからないモノに、食われる？

真の思考はおかしくなりそうだった。

妖怪などというものが、この世にいるはずがない。霊だのオカルトだの不思議現象だの、バカバカしくて、一切信じてこなかった。

しかしこの痛みは本物であり、現に今、真はそいつに襲われている。

皺《しわ》くちゃの手が伸びて真の首に貼りついた。少しずつ、少しずつ、いたぶるのを楽しむように締め上げてくる。もう、ダメかもしれない……

「やめろ」

不意に聞いたことのある声が、真の耳に届いた。

「ほれほれ、ふっふふ……ふおっ？」

「俺の主人に何をしている。神聖な場所で暴れるな、穢《けが》らわしい」

声の主が巨頭男の肩を掴む。

「おお、お前は大天狗《おおてんぐ》か？　懐かしいな、千年は会えないだろうと思っ――」

「消えろ。罰当たりが！」

「ぎゃあ」

巻き起こった突風が臭い男を取り込み、一瞬でどこかへ吹き飛ばした。体が軽くなった真は、現れた人影に視線をやる。

身長が二メートルを超す体格の良い大きな男が自分を見下ろしていた。顔を天狗面《てんぐ》で覆《おお》い、赤い修験道《しゅげんどう》の衣裳を纏《まと》い、立派な黒い羽を背負っている。面の向こうから、刺すような強い瞳が覗《のぞ》いていた。

あの目を、見たことがある――

「ごほっ、げぇほっ、ごほっ……っ！」

真は起き上がりざまにひどくむせてしまい、呼吸を整えるのに時間を要した。

「名を呼べと言っただろう、この愚か者っ！」

男が天狗《てんぐ》面を外した。その顔を見て驚愕《きょうがく》する。

「お、大岩、さん？」

目の前には、人力車の牽《ひ》き方を教え、一日中真の心配をしていた、先輩の大岩がいた。

「あれほど念を押したのにバカなのか、お前は？　ほら、掴まれ」

しゃがんだ大岩は、すでに俥夫《しゃふ》の格好《かっこう》に戻っている。大男に見えた体格も元どおりだ。

「……こんな、目に遭《あ》うとわかっていたら、真っ先に、呼びます。わかっていたならなぜ、教えてくれなかったんですか、ごほっ」

肩を貸してもらいながら、真は息も絶え絶えに反論した。

「お前が目覚める可能性が、絶対ではなかったためだ」

「『変なもん』が、見えるようになるかどうか、ってことですか」

「そのとおりだ。立てるか？」

はい、とうなずき、大岩に寄りかかる。情けないが、今はこの人の腕を借りるしかない。

「どうして、僕がここにいるって、わかったんですか」

「お前からのスマホのメッセージを見たとき、イヤな臭いがした」

「臭いなんて伝わるわけが――」

「俺にはお前のことがわかる。それだけだ」

不機嫌な声で大岩が言った。

「大岩さんの、予約客の、人は？」

「イヤな予感がして、急遽、客待ちしていた長谷川《はせがわ》さんにお願いした」

「……そうでしたか。なんか、すみません」

真は大岩に支えられつつ、あたりを見回す。ここに来たとき、明かりはすべて消えていたはずだが、今は社務所の明かりも外灯もついている。

「閉門してるな」

大岩の言葉にハッとした真は、腕時計を見た。

「到着したのは四時過ぎだったのに、もう五時を過ぎてる」

「さっきの奴に出会ったときから、まやかしを使われていたんだろう。時間をねじ曲げられ、境内の物《もの》の怪《け》の空間に引きずり込まれたか」

真の背中がぞくりと粟立《あわだ》つ。

「さっきのアレ、なんなんですか」

頭の大きな男は大岩と知り合いみたいな口ぶりだった。

「逢魔《おうま》が時《とき》に現れるあやかしだ。お前のような『見える』人間を食い散らかす。あいつのやり方は昔から好かん」

確かに今、大岩は「あやかし」と言った。この現実を受け入れなければならないのか。

「お前の上からどけるために吹き飛ばしてやったが、どこまで行ったんだか。今度邪魔したら食ってやるわ」

「く、食うんですか？」

「臭くてまずいだろうが、まぁまぁ力のある奴だ。食えばこちらの力になる」

「……へぇ」

返事はしたものの、真は内心ドン引きする。

助けてくれた大岩も、妖怪なのか。真が先ほど見た白昼夢《はくちゅうむ》が真実ならば、あの天狗《てんぐ》イコール大岩なのだろうか。

　理解しがたい状況にうすら寒さが増す。

「俺はお前の味方だ。俺もあやかしだが、お前が恐れる必要はない」

「……っ」

「とっくに神は御本殿に戻られているだろうが、参拝していこう。お邪魔してしまったからな」

　大岩は真を拝殿のほうに向かせた。あんなに遠かった拝殿が、今は目の前にある。

「なぜ、四時から五時がダメなんですか」

　参道をよたよた歩く真は、細い声で大岩に訊《たず》ねた。

「この時期の四時から五時が『逢魔《おうま》が時《とき》』だからだ」

「逢魔《おうま》が、時《とき》……」

「黄昏時《たそがれどき》とも言う。日が沈み、夜の帳《とばり》が降りる直前の、魔が現れる時間だ。その時刻とお前が生まれた時間が重なり、あやかしを見る目が戻ったら、もろにあいつらと出くわすことになる」

　境内の明かりが、ふたりの足元を照らしてくれる。

「僕の二十歳《はたち》の誕生日を気にしていたのは、あなたが僕におかしなことをしたせいですよね？」

「思い出したのか」

「……はい」

　祖父が亡くなった翌日。

　人が亡くなるとはどういうことなのか、ぼんやりわかり始めたあの日。もう祖父に会うことは叶わないと知った真は、寂しさゆえに祖父が横たわる部屋にこっそり入った。

　夜伽《よとぎ》をしていた父は座布団の上で船を漕《こ》いでいる。

　そして、真が祖父の亡骸《なきがら》に近づこうとした刹那《せつな》、囚われたのだ。天狗《てんぐ》面をかぶった大男――大岩に。

「もしお前が『見える』ようになったのが昼間だったとしたら、逢魔《おうま》が時《とき》ほど危険ではない。暗闇では恐怖心が昼より煽《あお》られる。奴らは人の恐怖心や猜疑心《さいぎしん》を利用するからな」

「他の観光客もこんな目に遭《あ》う……わけがないですよね」

「お前みたいな『見える』者にだけ、あいつらはちょっかいを出してくる。黄昏時《たそがれどき》は神が本殿に帰る時間だ。その隙《すき》を狙って魔物が現れ、境内の力を吸収して悪さする。お前は出会ったあやかしに連れられて、まんまと罠にかかったわけだ」

　御本殿の前に来たふたりは二礼二拍手一礼をし、神様に謝罪した。

「お騒がせしました」

「失礼しました」

振り返った境内はしんとして、おかしな気配は微塵《みじん》もない。小さなあやかしたちも巨頭男とともに吹き飛ばされたのか、どこにもいなかった。

境内の木々を大岩が仰《あお》ぐ。

「ここは梅が咲くんだ。早梅《そうばい》は十二月にも花がひらくというから、客のために覚えておけよ」

「はい」

真は力なく答える。正直に言って、そんなこと考える余裕がない。

ふたりは社務所に寄り、手違いで出られなかったと説明して、閉まった紅《あか》い神門を開けてもらう。

「いったん会社に戻ろう。話の続きはそのあとだ。俺が俥《くるま》を牽《ひ》いてやるからお前は座席に乗れ」

「いえ、ひとりで歩けます」

「自分では気づかないだけで、相当、体の負担になっているはずだ。よろけて怪我でもされたら明日の仕事に障《さわ》る。いいから乗れ」

「……じゃあ、お願いします」

人力車に乗せられる俥夫《しゃふ》、というおかしな図だったが、あたりが暗いおかげで、たいして気づかれることなく会社まで戻れた。

鎌倉駅西口から数分のビルに鎌俥夫《しゃふ》本社はある。一階は人力車を置いて管理する場所、二階が事務所と研修室兼会議室と更衣室などだ。

「ありがとうございました。ほんと、すみません」

人力車を降りた真は、大岩に頭を下げる。

一階には誰もいない。他の俥夫《しゃふ》はまだ帰ってきていないようだ。

「いや、気にしなくていい。それより体はどうだ？」

「なんともないです」

「ほう……」

大岩は腕を組み、真を上から下まで眺めた。感心しているみたいな表情だ。

「なんですか？」

「回復が速いのはいいことだ。あの大きなあやかしに抵抗したようだしな」

言いながらニヤリと笑う。

「そりゃそうですよ……！　あのまま黙ってたら僕はあいつに……、あいつに……」

改めて思い出した真は、ゾッとする。

あやかしは大岩が現れる前に、真を襲って食おうとしたのだ。もし抵抗しなかったら、臭い口の中に放り込まれていた。

「そうじゃない。普通は抵抗などできないのだ」

「え？」

「お前は『見える』だけではなく、別の力もあるらしいな」

大岩はひとり、うんうんとうなずいて納得している。

「……別の力？」

「上に行くぞ。社長に今日の報告だ」

「あ、はい」

真の問いは、彼に聞こえなかったようだ。

見える、というのはあやかしが見えることだろう。けれど、別の力とはなんなのか。

大岩が階段を上がっていく。真はその背中を凝視した。大天狗《おおてんぐ》の背はもっと高く、体も大きかった。そもそもなぜ、あやかしが俥夫《しゃふ》に？

祖父が死んだ日に見た大天狗《おおてんぐ》が、どうして今頃になって現れたのか。

彼は真の味方だと言っていたが、それを信じていいのか。

臭いあやかしのように真を食わないのだろうか。

次々と現れる疑問を胸に、真は大岩について二階の事務所へ入る。事務方は帰ったらしく、一番奥の大きなデスクに社長——真の父しかいない。

「ただいま戻りました」

「戻りました」

大岩と社長の前に横並びで立つ。

「お疲れさま、大岩くん、真」

父は五十二歳という年齢にしては見た目が若々しい。鎌倉で有名なメーカーのワイシャツとネクタイを好み、シンプルなスーツと合わせるのが彼の定番だ。スラリとした体型に似合っている。

そして温厚で真面目なだけでなく、人を寄せつける魅力をも持っていた。人手不足と言われる昨今において、鎌俥夫《しゃふ》はその懸念《けねん》を微塵《みじん》も感じさせない。父の人柄が鎌俥《しゃ》夫《ふ》全体の雰囲気を向上し、ここでずっと働きたいという気持ちにさせるのだと、俥夫《しゃふ》の先輩から聞いた。

その穏やかな父が、真を見て表情を曇《くも》らせる。

「……真、何があった？」

「べ、別に何も」

あやかしに襲われたなどと言えるわけがない。

「それならいいが……。今日はもう帰りなさい。初日で疲れただろう？」

「研修期間に鍛えられてるから大丈夫です」

「そうか。その、ありがとうな、真」

家業を継がせることに申し訳なさそうな顔をする父を見て、真の胸が痛む。

「お礼なんていいよ、当然なんだし」

父に合わせて「親子」の口調に戻した。必要以上に気を遣わせないために、笑顔で。

「この仕事、僕に合っていそうだよ。だから父さんも気にしないで。明日からもよろしくお願いします」

「ああ」

苦笑した父は大岩に視線を移す。

「大岩くん、君も終わりにしていいよ。この後も引き続き、真をよろしく頼む」

「ええ、大丈夫です。任せてください社長」

もしや、父も何かを知っているのだろうか。真は、この後も、という言葉が引っかかった。

人力車の清掃と整備確認を速《すみ》やかに終わらせて、真は鎌俥夫《しゃふ》を出た。外は空気が冷え込んでいる。

大岩とともに、鎌倉駅東口の小町通《こまちどお》りへ向かう。どこかの店で、事情を詳しく教えてくれるという。

　街灯の下を歩きながら、大岩が口をひらいた。

「研修の頃から思っていたが、お前は父親に対してずいぶん聞き分けがいいんだな。あやかしと対峙して気力が削《そ》がれているせい、というわけではなさそうだが」

　真の胸がドキリとする。

　大岩は、あやかしのクセに人をよく見ているではないか。

「別に普通じゃないですか？」

「お前くらいの年齢なら、社長といえども父親の言うことなど、邪険にしそうなものだ……」

「いくら親子でも、仕事中に社長に楯突《たてつ》くのはおかしいでしょう」

「そりゃそうか。まぁ、仲がよいのは悪いことじゃないな、うん」

　人を見透《みす》かすような大岩の視線は伊達《だて》ではない。

　けれど、真が返答しなかったので、会話は終了した。

　小町通りは飲食店やお土産屋《みやげ》など、様々な店が立ち並ぶ人気《にんき》のスポットだ。一日中、多くの人で賑わう。

　大岩の勧めでレトロな喫茶店に入った。

「お前を助けるたびに、お前の父から報酬をもらって甘いものを食べられる」

出来上がりに二十分ほどを要した分厚いホットケーキを前に、大岩が満面の笑みで言う。

「報酬って……父は、どこまで知ってるんですか」

あやかしが見えるようになるのも、それによって危険な目に遭《あ》うことも、父は予測していたのか。

「まぁそう逸《はや》るな。順を追って話す。お前の父は、お前が自分の仕事を遂行《すいこう》できたら、さらに俺への報酬を上乗せしてくれるそうだ。頑張れ」

「自分の仕事？」

「先に食べるぞ」

待ちきれないといったふうに、大岩は二段重ねの黄色いホットケーキにナイフを入れた。フォークに刺して大きな口を開ける。

「いやこれ、うっま！　うまいわ、すごっ……！」

目がキラキラと輝いている。かなり感動したらしい。

「今の世にはこんなにも旨《うま》いものがあるんだな。最高じゃないか」

「……」

「なんだ？　気に入らないのか？」

「いえ、めちゃくちゃ美味《おい》しいですけども」

　表面はカリッと、中は密度が高くずっしりした、濃厚なホットケーキだ。ゆっくり溶けるバターと甘めのシロップが生地に合う。気持ちが落ち着いて腹が減ったのか、真も大岩と同じようにパクついた。

　そして、コーヒーを飲んでひと息ついた真が、口火を切る。

「僕、六歳までの記憶が何ひとつなかったんです」

「……ああ」

「ですが、荏柄天神社の境内でいろいろ思い出しました。祖父のことも、僕自身のことも、あやかしが見えていたことも。……僕の記憶を消したのは大岩さんですね？」

「そのとおりだ」

　大岩は上段のホットケーキをぺろりとたいらげ、二枚目にもナイフを入れた。

「なぜあんなことを？」

　真は小声で訊《たず》ねる。他の客もおしゃべりに夢中になっているが、聞かれたくはない。

大岩もずいっと上半身を前に出す。

「お前を守るために、お前の祖父、志木彦蔵が俺に指示したんだ」

「おじいちゃんが？」

「彦蔵は、ある時期からあやかしが見えるようになったそうだ。いつ頃かは知らん。お前は祖父の血を引いたんだろう」

その言葉に真の胸が、ずんと重く痛む。

「彦蔵の話だと、幼いお前は強いあやかしに食われそうになっていたそうだ。そこで彦蔵は、自分の命と引き換えにお前を助けたいと請《こ》うた。しかし、あやかしに拒否されてしまったという」

「どうしてですか？」

「彦蔵はすでに命が尽きかけていた。本人も知らぬ間に病《やまい》が進行していたらしい。そんな奴の命をもらってもしょうがないってね。ならば、なんでもするという彦蔵の懇《こん》願《がん》に応えて出された条件が、鎌倉にいるあやかしの使い走りをする『おつかいモノ』だ。『おつかいモノ』をすればお前、真の命は助けると言われた」

自分を助けるための祖父の行動。想像だけで手が震える。真は平静を装《よそお》い、続けた。

「おつかいモノって、あやかしのパシリになるという意味だったんですね」

「彦蔵は命が尽きる寸前だ。そして彦蔵の息子、お前の父親は、彦蔵と違ってあやかしが見えない。使いものにならんのだ。だからお前が『おつかいモノ』にさせられた。彦蔵は、せめてお前が大人になる二十歳《はたち》まで『おつかいモノ』は待ってくれとあやかしに頼んだ。幼いお前を残して死んだあと、あやかしにどう扱われるのか心配したのだろう」

大岩は顔をしかめ、親指についたシロップを舐《な》める。

「あやかし側にとって『おつかいモノ』になれる人間は貴重だ。だが、いくらあやかしが見えるといっても、お前は幼すぎてどうせ上手《うま》く扱えない。だからあやかし側も、お前が大人になるまで待つことを承諾したらしい」

真は聞きながら、ホットケーキにのっていたバターをフォークでつぶす。

「その後、彦蔵は念には念を入れることにした。大天狗《おおてんぐ》である俺が封印されていた場所を見つけ出し、封印を解くことと引き換えに取引を迫ってきたんだ」

「僕を守れ、と？」

「そうだ。事《こと》の成り行きも聞かされ、『おつかいモノ』をする真を、そばで守ってやってくれと。そしてもうひとつ、彦蔵は残りの短い命と引き換えに、せめてお前がひとりでもやっていけるくらいの年齢、できれば二十歳《はたち》になるまであやかしが見えないように、あやかしの記憶を消してくれとも言ってきた」

真の手元からフォークが離れ、皿の上に落ちた。かちゃん、という音に周囲が注目したが、すぐに皆、それぞれの会話に戻る。

――祖父が亡くなったのは自分をかばうためだった。

両親の気持ちを思うときと同様、胸の奥がきつく、きつく痛む。

「封印を解いてくれた恩もある。俺はもうひとつの取引も承認した。彦蔵が身辺整理を終わらせるのを待ったのち、約束どおりにした」

そして、約束どおりに祖父は、死んだ。

「お前が気に病《や》むことはない。彦蔵はすでに命が尽きかけていたのだ。俺を呼び出さなかったとしても、命の長さはたいして変わらん」

口を噤《つぐ》んだ真を見かねたのか、大岩があっけらかんと言った。真は最後のひと口のコーヒーを飲む。

「僕の記憶を消したのは、そのすぐあとですか」

「そうだな。お前の父親は彦蔵の遺言を読み、すぐさま鎌倉を離れ、横浜に引っ越した。『見えない』人間に奴らは手を出さないとはいえ、完全に危険がなくなったわけじゃない。加えて鎌倉に人力車の会社を作った」

「えっ」

「『おつかいモノ』としてのお前に、過剰な災難が降りかからないようにするためだ。『おつかいモノ』は俥夫《しゃふ》、という認識になれば、普段のお前には近寄ってこない。それはお前の祖父、彦蔵が指示したことでもある。そしてお前を守るために、わざわざ俺がこうして俥夫《しゃふ》になっているんだ」

「僕らが横浜にいた間、大岩さんはどこにいたんですか」

「俺は鎌倉に残った。封印を解かれたばかりの身でお前に術をかけたことで、力が戻るまで長い養生を必要としたんだ。お前が二十歳《はたち》になるまでは、オレの養生と、様《さま》変わりしたこの世を学習する期間にあてた」

「僕らがあのまま横浜にいて鎌倉に戻らなければ、事態が回避された可能性はありますか」

「万にひとつ、お前が『見える』力に目覚めなかったとしても、あやかしが探しに来る確率は高い。約束を破られた時点で彦蔵と約束したあやかしが激高し、お前と両親を食うかもしれない。そう、彦蔵の遺言に書いてあったから、お前たちは鎌倉に戻ってきたんだろう。俺ができるのは、あくまで『おつかいモノ』として使われているお前に、危険が及ばないようにすることだ」

真は、訊《たず》ねておかなければいけない、と思った。

「祖父が約束を交わしたのは、どんな奴ですか」

幼い真を襲ったあやかし、それが事《こと》の発端である。

大岩は、うーんと首をひねって思案した。

「彦蔵は俺と契約を交わす際、そのあやかしは人間に化けていて、真《しん》の姿がわからなかったと言っていた。俺は三百年眠っていて、最近のあやかし事情がわからん。さっきお前を襲ったあいつは、たまたま昔の知り合いというだけだ。彦蔵は『見える』者として有名だったのだろう。『おつかいモノ』など滅多に現れないんで、あやかしたちは彦蔵に期待したんじゃないか？」

だからあの大きな頭のあやかしは、祖父の名を知っていたのか。

「俺は養生していたときも、他のあやかしに悟られないよう存在を消していたから、あやかしの情報が得られなかったしなぁ」

「存在を知られたら困るんですか?」

「力が弱まれば、それを狙ってくる奴が必ずいる。お前を守る前に、俺の身が危険に曝《さら》される。契約に縛られた以上、俺はお前を守らなければならないのに、死んでは元も子もない」

大岩は最後のひと切れをフォークに刺し、真に向けた。

「他に質問は?」

「……」

「お前が納得しようがしまいが、お前は『おつかいモノ』をする運命にある。お前の両親が何も言わなかったのは、お前が鎌倉に戻っても、目覚めないことに賭けていたのかもしれんがな……」

真は小さく息を吸った。

「わかりました。僕は『おつかいモノ』として、あやかしの使いっ走りになればいいんですね。大学があるので、俥夫《しゃふ》の仕事は土日を含めた週三回ほどですが、よろしくお願いします」

「やけにあっさり承諾するんだな」

「大岩さんが僕の運命だと言ったんじゃないですか。祖父と両親も同じ考えなら、従わない理由がないでしょう」

大岩が懐疑的な目をして、ふうんとうなずいた。

両親の望むとおりに、彼らが喜ぶように、生きていく。それが一番の親孝行であり、真の幸福なのだ。

その考えは、大岩の話を聞いた今も何ひとつ変わらない。だが——

納得したはずなのに胸の痛みは止まらなかった。言う必要もないだろうことが、真の口からこぼれてしまう。

「でも、おかしな話ですよね。なんで僕のためにそこまでするのか、理解できない。祖父は命を削り、父はわざわざ会社まで作って、リスクを背負った」

「そりゃあ孫は可愛いし、子どもは大事だからだろう」

「血もつながってないのに？」

無理に笑うと、どうしても顔が歪《ゆが》んでしまう。

「は……、なんだって？」

「僕は両親の子どもではありません。したがって祖父の孫ではないんです。生まれたばかりの赤ん坊の頃、志木家の前に捨てられていたのが、僕です」

「俺はそんなこと聞いていないぞ！」

大岩が身を乗り出す。

「嘘じゃありませんよ」

「では、お前が生まれた日も時間も、誰も知らないではないか……！」

「だから言ったでしょう。父や母に訊《たず》ねても、僕の生まれた時間はわからないと」

大岩に聞かれたとき、曖昧《あいまい》な返事をしたのは、これが理由だ。

「今日が誕生日なんだろ？　生まれた日にちはどうやって決めたんだ」

「祖父が僕の名をつけた日にしたと、聞いています」

「拾われた日ではなく？」

「普通はそうらしいんですけどね。ご存じのとおり、祖父はあやかしとつながっているような変わり者でしたので。あやかしが見えるようになったあの時間に名をつけたのかもしれませんね。わざわざ逢魔《おうま》が時《とき》に名をつけたのも、何か意味があるかもしれないし、ないかもしれない。とにかく、僕の誕生日は今日です」

大岩は複雑な表情を顔にのせ、椅子に座り直した。

本当の孫ではない真を守っても意味がないと思ったか。あるいは真の存在そのものを疑ったのか。妖怪の考えていることなど知る由《よし》もない。

「出ませんか。そろそろ閉店みたいですよ」

真は表情を変えずにつぶやく。ホットケーキは残してしまった。


店の前で大岩と別れた真は、胸にモヤモヤを抱えたまま帰路に就いた。

志木家は鎌倉駅から南西に徒歩数分という、好立地にある。

立派な門扉《もんぴ》を開けて中に入ると、うっそうと木々が茂る日本庭園が現れた。その奥に立つ大きな古い日本家屋が志木家だ。

十数年前。真と両親は祖父とともに、この家に住んでいた。小学校に上がる前の記憶だ。「目覚めた」今は、この場所に懐かしさを感じられる。

大岩を前に、つい余計なことを言ってしまった。

本当の子どもではないからなんだというのだ。両親も祖父も自分を大切に育ててくれたではないか。感謝してもしきれないのは本当だ。

だが、真の胸にくすぶっているのは、そういうことではない。実の親に捨てられた事実に対する消え去ることのないコンプレックスだ。

そして、鎌倅夫《しゃふ》が設立された経緯を思うと心苦しくてたまらない。

「――ただいま」

「おかえり、真。疲れたでしょう？」

広々とした玄関で声を出すと、すぐに母親が現れた。父と同じく穏やかな笑みで真

とがなかった。

を出迎えてくれる。

　父母に怒られた記憶はない。その気遣いがわかる真もまた、ふたりに反抗をしたこ
「大丈夫だよ。父さんも母さんも心配性だな」

　そうね、と微笑《ほほえ》んだ母は、生姜焼《しょうがや》きののった大きな皿を差し出す。

「帰った早々で悪いんだけど、お夕飯、おじいちゃんのお部屋に置いてきてもらえる？　いつもの神様の分なの。真のはダイニングに用意してあるから」

「うん、わかった。ありがとう」

　皿と箸《はし》を受け取った真は、リュックを背負ったまま廊下を進んだ。

　板張りの床が、きいきいと軋《きし》む。角を曲がって縁側を歩いた。

　古い窓ガラスは夜空に浮かぶ月の形を歪《ゆが》ませている。それが大岩の前で見せた自分の笑みのように思えた。

　この家に引っ越して以来、毎晩、母は家の「神様」の分までおかずを作っている。

　祖父の仏前には、水とご飯とたまに日本酒や果物が供《そな》えられているのだが、「神様の分」は、なぜか座卓の上に並べるのだ。まるでその場で食事をするかのように。

「神様が生姜焼《しょうがや》き食べるのか、って……えっ」

　足元を何かが通り過ぎた。振り向く間もなく、前から小さなモノが三匹歩いてく

る。……妖怪だ。真は知らんふりして、縁側の突《つ》き当たりを曲がった。

今朝家を出るまでは何もいなかったのに。いや、本当は今までもそこらにいたけれど、気づかなかっただけなのだ。

幼い頃は家の中や庭で出会うそれらが怖くて、いつも祖父に助けを求めていたではないか。

真はなるべくそしらぬ顔で座敷の襖《ふすま》に手をかけた。そこで気づく。明かりが漏れている。誰かいるのか？　父が帰っている？

それなら母が教えるだろう。廊下で見たようなあやかしがいるのだろうか。

真は意を決し、勢いよく襖《ふすま》を開けた。

「おかえりぃ」

「……は？」

しばし呆然とする。

八畳間に寝転がっていたのは、ついさっきまで一緒にいた大岩だ。のんきにタブレットで何かを見ている。よく見れば、真の電子書籍用のタブレットだった。

「人の家に上がって何をしてるんですか。ていうか、喫茶店で別れたあと、どうやって先に……？」

真もまっすぐ家に帰ってきたのだ。ということは、あやかしの力を使ったのか。

「おっ、今夜は生姜焼《しょうがや》きか。ホットケーキ追加しなくてよかったわ。そこに置いてくれ」

ラフな格好に着替えている大岩は、嬉しそうに飛び起きる。座卓の前に座布団を敷き、胡坐《あぐら》をかいた。

「いつからうちの神様になったんですか」

「天狗《てんぐ》は神に近い存在だってのを知らんのか、最近の若者は。あやかしの中でも最高位と言われるほどの力がある。もう一度言うが、神に近い存在だぞ？」

「いや、妖怪ですよね？」

「そうとも言う」

さっきのわだかまりなど、どこ吹く風に見えた。人と違って感情が単純なのだろう。

「俺はずーっと前からここにいた。大天狗《おおてんぐ》の姿でいた俺に、お前が気づかなかっただけだ。それにある意味、ここは俺の家みたいなもんだな。お前より長くいるんだし」

「まさか、僕らが横浜に引っ越したあと、鎌倉に残ったって……ずっとこの家にいたということですか？」

「察しがいいな。毎晩会社帰りに、お前の父は俺のために、夕飯を買ってきてくれたぞ。親切な奴だ。今はお前の母が旨《うま》い手料理を作ってくれている」

いただきますをした大岩は、箸《はし》で玉ねぎを突《つ》っつく。真はその様子を突《つ》っ立ったまま見下ろしていた。

「ここでゆっくり養生して力を蓄《たくわ》え、現世のことを学び、上手《うま》く人間に化けられる練習をした。しかし俥夫《しゃふ》は『イケメン』というやつが多いのだな。化けるといってもある程度自分で筋肉をつけねばならんし、爽《さわ》やかな笑顔を作るのにも相当苦労した」

「人間に化けられるようになったのは――」

「半年前だ。天狗《てんぐ》の姿ではお前の両親には見えないのだが、彦蔵の言いつけを守って、この十数年間メシを届けてくれた。完璧に人間の姿に化けた俺をお前の父に見せ、彦蔵と交わした契約内容を話したら、俺の存在がようやく目に見えて喜んでいたな。『鎌俥夫《しゃふ》』で働くことにした俺に、お前のことは全面的に任せると言っていた」

「全然気づかなかった」

「お前が目覚めるまで、家の中では天狗《てんぐ》の姿でいたんだ。今日はもういいかと思ってな。人間の姿はだいぶ慣れたぞ。俥夫《しゃふ》の仕事は楽しい。社長は俺の腕を認めてくれている。俺もどうせなら極めたい。俥夫《しゃふ》としての知識だけではなく、もっと見聞を広めたい。まだまだ俥夫《しゃふ》としてもひよっこだしな」

　よく見ると、部屋には漫画の他に最新の雑誌や書籍もたくさんあった。父が与えているのだろう。

　スマホを駆使しているみたいだし、話しことばも違和感ない。客と普通に接しているのも、実はすごいことなのでは？

「真」

「……っ」

不意に名を呼ばれ、体が硬直する。

またあの目だ。これに見据《みす》えられると、電流が走ったように真の体が一瞬しびれる。

「俺はお前を守るために俥夫《しゃふ》になった。お前が本当の孫じゃなかろうが、なんだろうが、関係ない。俺は決めたのだ。お前が『おつかいモノ』になると決めたように」

妖怪の言うことを信用してもいいのか、まだ決め難い。

だが、大岩が嘘をついているようにも見えなかった。何度も繰り返された「お前の味方だ」という言葉。助けてもらったときと同じく、少し肩を貸してもらえるのなら、それも悪くないと思える。

「僕はいつまで『おつかいモノ』をすればいいんですか」

「知らん。あいつらが飽きるまでじゃないのか？」

諦めの思いでいた真の胸に、そこで怒りの感情が湧いてくる。

自分には永久に理解できない、志木家を狙ったあやかしの身勝手さ。

真は拳《こぶし》を握りしめた。

「僕もあなたと同じように、やるからには俥夫《しゃふ》の、『おつかいモノ』の仕事をこなします。だから力を貸してほしい。……風吹」

「なっ」

真が名を呼ぶと、彼は箸《はし》で掴もうとした生姜《しょうが》焼《や》きを、ぽろりと取りこぼした。

話を聞けば聞くほどあやかしは不条理だ。祖父が、両親が、そして真が、いったい何をしたというのだ。

普段は胸の内を表に出さない真だが、あやかし相手ならかまわない。

「一生パシられたままでたまるか。おじいちゃんと契約を交わしたあやかしを捕まえて、こんなバカバカしい契約は破棄してやる。『おつかいモノ』をやるのはそれまでだ」

「契約を破棄するだと？」

真は風吹の視線を受け止めた。

幼い頃、祖父に教えてもらったことを思い出す。

「あやかしは名で縛れたはずだ。風吹、原因となったあやかしを捕まえる協力をしろ。そして僕を守れ」

「……わかった。従うしかないな」

そのとき、うなだれた風吹の後ろから、ぴょんと何かが飛び出し、真の胸元に飛び込んだ。

「うわっ、なんだ？」

「オレもここに住むー」

面を外した子どもが、無邪気な笑顔でこちらを見つめている。

「君は……！」

「おにーさん、やっぱりオーテングのこと知ってたんじゃん」

路地で会った子どもだ。幻覚や幻聴ではなかった。

「オーテングって……大天狗《おおてんぐ》のことだったのか。ふたりは知り合い？」

そうだよ～と笑って、子どもがまたしがみついてくる。彼の衣裳は白く、先ほど見た大天狗《おおてんぐ》の衣裳は赤かった。

色の違いは大人と子どもの差か。

「ちっ、見つかったか」

「久しぶり、オーテング！　捜《さが》してたんだよお？」

真の腕から飛び立った子どもが、風吹の横にちょこんと立つ。

「まさか人間に化けてるなんて思わなかったから、ぜんぜん気づかなかった。オーテングが、にん、げん……ぷっ、くくっ」

口を押さえて笑う子どもを、風吹が不機嫌そうに睨《にら》む。

「どこで知り合ったんだ、真と」

「ええと、鎌倉宮あたりでオーテングの匂いがして、声かけたの。でもオーテングじゃないし、おにーさんのあとをついてったら、荏柄天神社にオーテングが来て……それで、えっと」

小さな手を合わせて、子どもはもじもじしている。

「オーテングさぁ、本当はもっと前からこの家にいたんでしょ？　どうしてオレのことを捜《さが》してくれなかったのさ」

「どうせこうやってお前が見つけにくるんだろ、鬱陶《うっとう》しい」

風吹が最後の肉を口に放り込んだ。相当美味《おい》しかったのか、皿を傾け、汁まで飲んでいる。

立ちすくんでいる真を子どもが見上げた。

「オレが教えてあげたのに、おにーさん、油断したでしょ？」

オオモノが来るよ。彼はそんなことを言っていた。

「あれはそういう意味だったのか。君も天狗《てんぐ》なの？」

「そうだよ。りっぱなくちばしがついたカラス天狗《てんぐ》だ」

嬉しそうに胸を張って、その場でくるりと回る。黒い羽が二、三枚抜け落ち、舞い飛んだ。

「まだ小天狗《こてんぐ》だな」

「そのうちオーテングになるから。よけいなこと言わないで」

突《つ》っ込んだ風吹を睨《にら》んだ小天狗《こてんぐ》は、空になったお皿を覗《のぞ》き込む。

「オレは、おむらいすが食べたいなぁ。おいしいんだよ。オーテングおむらいす知ってる？」

「ネットで調べたことがある。そんなにも旨《うま》いのか」

「おいしいよ。オレ、店に入って、勝手にひと口食べたんだけど」

大天狗《おおてんぐ》と小天狗《こてんぐ》と同居する。なるべくひとり静かに過ごしたい真にとっては迷惑千万な話だ。

だが、すっかりくつろいでいる風吹と小天狗《こてんぐ》は、真よりも鎌倉の家に馴染《なじ》んで見えたのだった。


翌朝早く、真は風吹に誘われて荏柄天神社を訪れた。

すがすがしい空気の中、清潔な境内を歩くのは気持ちがいい。

昨日は暗くてよく見えなかったが、合格祈願の絵馬がたくさん奉納されている。さすが鎌倉を代表する学問の神様がおわす場所だ。

改めて昨日の騒ぎのお詫《わ》びとして参拝に来たのかと思ったが、それだけではなく……。

「来年の鎌倉検定、絶対に合格するからな。祈願もしておけ」

紅《あか》い扉が美しい御本殿の前で風吹が言う。

人力車「鎌俥夫《しゃふ》」では、鎌倉検定を受けて合格すれば時給が上がる。もちろん強制ではないが、俥夫《しゃふ》をやっていくためには鎌倉の知識が必須なのだ。研修でガイドの勉強をしたとはいえ、アップデートは必要である。

検定料は会社持ちだし、受けない手はないので、俥夫《しゃふ》たちは皆、最低限3級は取得していた。

「妖怪と一緒に検定を受けるって、どうなの」

風吹と並んで手を合わせた真がつぶやく。

「どうもこうもあるか。やるからには満点を目指すからな」

「……僕も？」

「当然だ」

参拝後、ふたりで買った学業成就《じょうじゅ》のお守りには、鎌倉一早く咲く、鮮やかな紅白の梅が施《ほどこ》されていた。

二　佐助の紅葉《もみじ》

師走《しわす》である。

寒さ深まる鎌倉は、観光客の数が落ち着く頃だ。冬休みが始まると再び気ぜわしい街に戻る。

真は午後一番の予約客とともに、人力車で鶴岡八幡宮《つるがおかはちまんぐう》から金沢街道《かなざわかいどう》を東に向かい、杉本寺《すぎもとでら》や報国寺《ほうこくじ》を巡る二時間コースの旅を終えたところだ。

今日は朝からよく晴れて風もない。気温は低いが過ごしやすかった。

「ふわぁ、これおいしい、ふわふわ～！」

真の頭上を飛びながら、小天狗《こてんぐ》が抹茶色《まっちゃいろ》のおやきを頬張っている。

客の相手をしている最中は、絶対に話しかけるなという約束だ。小天狗《こてんぐ》は言われたとおり、さっきまで真から離れたところを飛んでいた。

しかし、真が客と別れてひとりになったとたん、客が買いに行った胡麻《ごま》あんのお焼きを自分も食べたいと、駄々《だだ》を捏《こ》ね始めたのだ。

うるさいので、俥《くるま》を停めて仕方なく買ってやったのだが……

「ねえねえ、マコト、おいしいってば、ねえ！」

「……」

「こっち向いてよ、もうっ」

「うぶっ」

顔の前で黒い羽をバッサバサと動かされ、真は足を止めた。すかさず小天狗《こてんぐ》の体を顔の前から引《ひ》っ剥《ぱ》がす。

「危ないだろ……！」

「返事してくれないからじゃん！　無視、はんたーい！」

小天狗《こてんぐ》は不満げに、一本歯の下駄《げた》を履いた足をじたばたさせている。天狗《てんぐ》面は紐《ひも》をつけて肩から斜め掛けにしていた。木製の面がポシェットのようだ。

「他の人に小天狗《こてんぐ》は見えないんだから、僕がひとりでしゃべってるみたいで変だろ」

真は口を最小限に動かし、小声で答えた。

「いいじゃん、別に」

「よくないの。お客さんが減ったら僕の責任になる」

後ろを何度か振り返りつつ、人力車を牽《ひ》いて左折し、路地に入る。

すれ違う女性たちが「人力車、素敵だね」「あの人かっこいい」などと言っている。

悪い気はしないが、注目を浴びることが苦手な真だ。目が合ったときだけ笑顔で会釈《えしゃく》し、あとは気づかないふりをして、さっさと走った。

「つまんないなぁ。江《え》の島《しま》行って、遊んでこよーっと」

「どうぞ、いってらっしゃい」

返事の代わりに、ふんだ、と頬をふくらました小天狗《こてんぐ》は、黒い羽を広げて飛び去った。

このあと次の予約客を乗せて鎌倉駅西側をガイドするのだ。小天狗《こてんぐ》にかまっているヒマはなかった。

あやかしの使い走り「おつかいモノ」になってから二週間。

この間に出会ったあやかしに頼まれたことといえば、カゴいっぱいのどんぐりをリスに届けろだの（取引をしているらしい）、あやかしの嫁入り用の着物を渡してこいだの（祝い酒を飲まされそうになって逃げる）、本を二十冊お寺にいるあやかしに届けてくれだの（重くて持てないらしい）……、わりとしようもない用事ばかりで拍子抜けしていた。

これを繰り返せば、いつか「おつかいモノ」を強制したあやかしに会えるのか？

甚《はなは》だ疑問だが、やると決めたからにはやるしかない。

あやかしの間で「おつかいモノイコール俥夫《しゃふ》をしている」という噂《うわさ》が流れているのか、今のところバイト以外の時間にあやかしに声をかけられることはなかった。

祖父の教えと父の努力が自分を守っているのだと、真は実感している。

そんなある日、真は、女性客ふたりを迎えに行き、人力車に乗せた。時間は午後二時を過ぎている。

「お寒くないですか?」

梶棒《かじぼう》を掴んだ真は、女性たちを振り返った。

「大丈夫です。膝掛けあったかいし」

「床暖房効いててポカポカですよ」

幌《ほろ》の中の女性らが楽しそうに笑う。

座布団の下にカイロが仕込まれているのを、俥夫《しゃふ》の間で「床暖房」と呼んでいる。それを客に話すと、たいてい笑ってくれるのだ。冬仕様の分厚い膝掛けをかければ、歩いているよりも暖かいと評判なのである。

「それはよかったです。寒かったら毛布の増量をしますので、遠慮なく言ってくださいね」

「はぁい」

「わかりました」

真は前方と後方を確認し、ゆっくり進む。

「では、このまま進んで英勝寺《えいしょうじ》に向かいますね。そのあと寿福寺《じゅふくじ》、駅のほうに戻って銭洗《ぜにあら》い弁財天《べんざいてん》に行きます。では、少しスピードを上げますよー」

「わぁ」

「はやーい」

きゃっきゃと女性客らが声を上げる。

真は黒い股引《ももひき》と地下足袋《じかたび》を履き、白い長袖《そで》Tシャツに藍色《あいいろ》の腹掛け、法被《はっぴ》という定番の俥夫《しゃふ》スタイルだ。もっと寒くなれば首元にマフラーを巻いたり、滑り止めのついた手袋をするそうだ。

走るとすぐに暑くなり、これくらいの薄着でも汗を掻いてしまう。

俥夫《しゃふ》デビューした頃は営業スマイルだったが、最近は自然に笑顔が出るようになった。

人力車の乗車料金は高額だ。街中を走ればイヤでも目立ち、俥夫《しゃふ》と観光地を歩いて回ると注目される。これらすべてのハードルが高く感じて、一生人力車に乗らない人だってたくさんいるだろう。

それを超えても乗りたいという人たちは、楽しいひとときになることを期待しているのだ。一生の思い出にして帰りたいと思っている。

だからその客をもてなす側の人間が斜に構えるのは愚かなことだし、思い出が素敵なものになる手伝いを精いっぱいするのがこの仕事なのだと、最近わかってきたのだった。

鎌倉に現存する唯一の尼寺、英勝寺は花の寺としても知られている。綺麗に手入れをされた木々や、青々とした竹林が印象的だ。春は桜、つつじ、白藤、夏は紫陽花《あじさい》、秋は彼岸花が咲き誇る。春が近づけば水仙が咲くらしい。また、祠堂《しどう》の前のワビスケと山門のとなりの唐楓《とうかえで》は、鎌倉市の天然記念物に指定されている。「女性の寺」を思わせる、繊細《せんさい》な美を感じられる場所だ。

英勝寺の次は鎌倉五山第三位の寿福寺である。総門から山門まで延びる石畳の参道が美しい。仏殿がある境内は、特別公開日以外は入れないため、真は源実朝《みなもとのさねとも》、北条《ほうじょう》政子《まさこ》の墓と伝えられる五輪塔を案内した。

女性客らはどちらの寺も大層気に入り、また来たいと言ってくれた。ガイドした甲斐《かい》がある言葉をもらって、真の心も弾む。

いったん駅方面に戻り、銭洗弁財天宇賀福神社《ぜにあらいべんざいてんうがふくじんじゃ》へ向かった。霊水でお金を洗うと、ご利益を得られる神社である。

坂の下に人力車を停め、徒歩で急な道を上がっていく。坂の途中に現れたトンネルを通って境内に入るのだ。真は女性客に参拝方法を案内しながら進む。

そしていよいよ、お金に霊水をかける洞窟内へ入った。御神燈と書かれた提灯《ちょうちん》が、ぼんやりした明かりを灯《とも》している。薄暗い場所だが、観光客でひしめき合っているため、怖さはない。

右手の社で参拝したあと、奥の岩場に流れている霊水の前でしゃがむ。

「お金をざるに入れて、ひしゃくで霊水をかけましょう」

「お札もいいんですか?」

「ええ、もちろん大丈夫ですよ。霊水はお札の端にかけるだけでも十分ご利益がありますので」

真が笑顔でうなずくと、ふたりは嬉しそうに財布からお札を取り出した。

「わっ、全部かかっちゃった」

「きゃー、私も」

「よかったらこれ、使ってください。今日は一度も使ってないので綺麗ですよ」

腹掛けから取り出した手拭《てぬぐ》いを差し出すと、ためらいつつも、ふたりはそれを使ってお札を拭いた。

楽しそうにお札をひらひらさせて洞窟を出たふたりに、真は後ろから声をかける。

「そのお札は早めに使っちゃいましょう」

「えっ」

「取っておかなくていいんですか?」

ふたりが同時に振り向いた。ふたりの顔の前に人差し指を立てた真は、いたずらっぽく笑ってみせる。

「取っておいてもいいんですが、有意義に使ったほうが、ご利益があるそうですよ」

女性らがパッと顔を赤らめた。

「や、やだ私、一万円なんだけど〜」

「えっと、じゃ、じゃあそれで私におごってよ。有意義でしょ？」

あまり愛想のよくない真に（これでも精いっぱいの愛嬌《あいきょう》を振りまいていたつもりだが）先輩たちが教えてくれた秘技「俥夫《しゃふ》の微笑《ほほえ》み」の効果は、まぁまぁといったところか。

再び客を乗せ、最後に紅茶店の手前で人力車を停める。女性たちはお茶をするそうだ。記念にと、一緒に写真を撮った。ふたりは「また乗りに来たら絶対に志木さんを指名しますから！」と意気込んでいる。気に入ってくれて何よりである。

店に入るふたりを見送り、人力車に戻った。

このあとは鎌倉駅周辺で客待ちの予定だ。

「あの、すみません」

「はい？」

声のしたほうに、着物姿の女性がいた。色白の肌に真っ赤な唇が目を引く。つややかな黒髪は胸のあたりまで伸びていた。

「佐助稲荷神社《さすけいなりじんじゃ》までお願いできますか？　観光案内はしていただかなくてかまいませんので」

女性はうりざね顔に愛嬌《あいきょう》のある笑みをのせる。

「あ、ええ。……大丈夫ですよ。どうぞ」

真は極力平静を保って答えた。

道端での急な申し出、観光はしなくてよい。……このやりとりには覚えがある。出会ったあやかしを荏柄天神社まで乗せてしまった真は、巨大な顔に変化したあやかしに、取って食われそうになったのだ。

この女性も同じか、ただ「おつかいモノ」として真に接しているのか、それとも人間なのか——わからない。

女性に料金を説明して人力車に乗せた。彼女は荏柄天神社まで乗せたあやかしとは異なり、普通の重さだ。イヤな臭いを発するどころか、微《かす》かにいい香りが漂《ただよ》っている。

真はいくらか安心し、人力車を走らせた。とはいえ油断は禁物である。

佐助稲荷神社は、今来たばかりの道を戻って、銭洗弁財天宇賀福神社の手前の路地を入っていく。人力車であれば、紅茶店から十分もかからない場所だ。

つい先ほど訪れた銭洗弁財天宇賀福神社と佐助稲荷神社は同一神という説もあり、

ふたつの神社をセットでお参りするのがよいと言われる。先ほどの女性客らをそこまで連れていかなかったのは、時間と距離をこれ以上延ばすと料金が加算されてしまうからだ。彼女らの予算を考慮すると無理はできないと判断した。

女性の要望で佐助稲荷神社の下社前は通り過ぎ、鳥居の前に到着する。人力車から降りた女性は、乗車料金と一緒に小さな木箱を差し出した。

「これを、神社の奥にいらっしゃる方に渡してほしいんです。私は事情があって、そこまで行けないもので……。お願いできますでしょうか」

『おつかいモノ』の出番のようだ。あやかしなのだろうが、食われるという選択肢が消えたことに真はホッとする。

「どのような方でしょう？」

木箱はとても軽かった。何が入っているのか。

「背の高い男性で、二十七か八歳くらいの人です」

女性は顎《あご》に人差し指を当て、思案げな表情を見せた。

「その男性のお名前は？」

「ええと……わかりません。ごめんなさい。でも、とても優しそうな人、です」

はにかんだように笑う女性を見て、真は今まで出会ったあやかしとは少々違うように感じた。この女性が美人だからというわけではない。あの、なんとも形容しがたいあやかし独特のイヤな雰囲気が感じられないのだ。

顔の大きなあやかしも、大天狗《おおてんぐ》も、小天狗《こてんぐ》も、足元を走り去る小さなあやかしも、家の中に潜《ひそ》むそれらも、初対面では背筋がぞっとしたものだが……

「それではお願いしますね」

あなたのお名前は？　そう聞こうとして真が顔を上げたとき、すでに女性の姿はなかった。

腕時計は夕方の五時過ぎを差している。紅茶店の前で女性たちと別れたのは三時頃だったのに。

「時間が進んでる。人はいないし、暗いし、いつの間にか逢魔《おうま》が時《とき》だし、雰囲気は違うけど、やっぱりあやかしだよな」

女性に渡されたお札をつまみ、表と裏を透《す》かしてみた。

「これも本物の金か疑わしいぞ」

荏柄天神社で降ろしたあの男性客から受け取った金は、その後、砂塵《さじん》に変化した。

仕事用の財布が砂まみれになり、迷惑千万である。

逢魔《おうま》が時《とき》に神社に近づきたくはないが、これも「おつかいモノ」の仕事だ。

「ヤバくなったら、あいつを呼ぼう」

今日の風吹は客待ち組で、緊急の場合はこちらへ来やすい。

スマホは圏外になっていた。周りは小高い山があるため、場所によっては通じにくいのだろう。いや、もしかしたらこれも妖怪の仕業なのかもしれない。

「とりあえず上に行って、これを渡してこなきゃ」

真は無数に連《つら》なる紅《あか》い鳥居と、その両端に立てられたおびただしい数の紅《あか》い幟《のぼり》を見上げた。幟《のぼり》には「佐助稲荷神社」と書いてある。

真は鳥居の手前で一礼をし、階段を上がり始めた。

外灯が少なく、とても暗い。そして、寒い。足元に気をつけながら急な勾配を進んでいく。

佐助稲荷神社は、伊豆に流されて病《やまい》に臥《ふ》せっていた源頼朝の夢枕に現れた翁《おきな》「かくれ里の稲荷」という稲荷神を祀《まつ》っている。翁《おきな》は夢の中で頼朝に平家挙兵を促《うなが》した。その後、頼朝は悲願の平家打倒を果たす。

そんな伝説から、佐助稲荷神社は出世開運のご利益があると言われている。頼朝が幼少のみぎりに「佐殿《すけどの》」と呼ばれており、彼を助けた稲荷ということで佐助という名がついたようだ。奥まった静かな山の入り口に、目の覚めるような紅《あか》の鳥居や幟《のぼり》が連《つら》なる幻想的な様相から、ここ鎌倉で人気《にんき》の高い神社である。

真は階段途中の手水舎《ちょうずや》にたどり着いた。光量の少ない古い外灯が、なかなかの雰囲気を醸《かも》し出している。

佐助稲荷神社は狐《きつね》が神使だ。狛犬《こまいぬ》ではなく狛狐《こまぎつね》が鎮座し、陶器でできた白狐《しろぎつね》の置物が、そこここに対《つい》で置かれている。この置物は参拝者が購入し、境内の好きな場所に奉納したもの。

足元や階段の脇、木の根のそばで、愛らしい狐《きつね》が参拝者を出迎えている。

「うう、冷たい。さっさと上に行こう」

手と口をすすいだ真は、木箱を手に階段に向かった。電灯の明かりが届かない場所は何も見えないほどに、暗い。

一段上がったとき、耳元で、くすっ、と笑い声がした。

首筋に生ぬるい息がかかった気がして、慌てて耳と首を触る。振り向いたが何もいない。

「おいおい、こんなひょろっこいのが『おつかいモノ』か？」

「嘘でしょ？　顔はいいけど、体格がちょっと……ねぇ」

足元から男女のつぶやきが聞こえる。即座に目を落とすと、やはり、いた。猫ほどの大きさの人形《ひとがた》をしたあやかしが、一、二……四体いる。笑い声は木の上からも聞こえた。

「やぁだ、これが噂《うわさ》の俥夫《しゃふ》なの？」

「可愛い顔してるけど、ぜーんぜん色気が足りないわね」

「この前ガイドに来た俥夫《しゃふ》はガタイのええ奴だったぞ？」

「俥夫《しゃふ》って、だいたいそうよね？」

「こんな頼りなさそうな奴に、俺の大事なモノを任せられるかい」

ぺちゃくちゃとよくしゃべるものだ。内心むかっとしたが、かかわっても時間の無駄である。真は聞こえないふりをして先へ進んだ。

「なんだか懐かしい人間の匂いがするぞ？」

「そういえばいたなぁ。あやかしの世界に首を突《つ》っ込もうとする男が」

「彦蔵か。いや、目の前のこいつは中途半端な匂いがしやがるぞ」

「転ばしてやれ」

「うわっ！」

足を引っ掛けられた真は前のめりに転んだ。きゃきゃきゃと笑い声が響く。

「いってぇ……！　なんだよ、もう……。あ、箱！」

転んだ拍子に木箱が手を離れてしまった。階段の一段上に転がったそれを、慌てて掴む。

「よかった、無事だ」

胸をなでおろした真は、きっと奴らを睨《にら》みつけた。

「いいかげんにしろよ、邪魔するな！」

きゃぁ、ひい、と叫びながら、あやかしたちは木の陰に逃げる。

このような小物らに「おつかいモノ」を頼まれることはない。風吹いわく、頼めるのはそれなりに力がある妖怪だけらしいのだ。力があるあやかしに目をつけられるというのも、それはそれで面倒だが。

階段を上り切ると、正面に拝殿が現れた。右手の社務所は閉まっている。

「お邪魔します」

真は拝殿でお参りを済ませた。周りには誰もいない。

拝殿の脇を通り、その先の階段を上がった。

拝殿の周りから、延々と白狐《しろぎつね》の置物が対で置かれている。草むらの陰や木の根元、苔《こけ》むした祠《ほこら》の周り、階段の隅などに、大小様々なおびただしい数の白狐《しろぎつね》がいた。

陶器の白さは暗闇の中にあっても、ぼんやりと浮かび上がって見える。

さらに本殿は、その比ではない数の白狐《しろぎつね》が奉納されていた。そして……男性が、いた。

本殿を見つめたまま佇《たたず》んでいる。

他には誰もいないので、女性が言っていたのはこの男性に違いない。

真が踏みしめる枯れ葉の音で男性が振り向いた。女性が言ったとおり男性は穏やかで優しげな顔をしている。

こんな時間にこんな場所で参拝しているのは妙だが、事情があるのだろう。

「あの、すみません」

「……なんでしょう？」

　いや、真のほうが妙に思われたかもしれない。俥夫《しゃふ》の格好をしているのに、ひとりでこんな場所にいるのだから。男性の怪訝《けげん》な表情を受けた真は、木箱を差し出した。

「僕、神社の下で頼みごとをされまして。あなたにだと思うんですが、女性からこれを渡すようにと」

「女性、ですか？」

「着物を着た、色白の綺麗な人です」

　男性は首を何度もかしげた。

「いや、心あたりがないなぁ。本当に私宛てですか？」

「その女性に、男性が上にいるから渡してくれと言われて……」

　心あたりがないなどという答えが返ってくるとは思わず、真は戸惑《とまど》う。人違いかとあたりを見回しても、やはり誰もいない。

「女性の名前は？」

「いや、すみません。わからないです」

「あなたは俥夫《しゃふ》の方、ですよね？」

　男性は真の格好を見て言った。

「ええ、そうです」

「そういう方が嘘をついているとも思えませんけど……」

「とりあえず、中を見てみてくださいませんか」

「中を見るだけなら。一緒に見てもらえますか?」

男性は渋々といったふうに、真から木箱を受け取った。

「ええ、もちろんです」

外灯の下に移動する。

真の耳は離れたところにいるあやかしの会話を感じていた。

こういうときに思う。今まで音に敏感だったのは、封印されていたとはいえ彼らの声が届いていたせいではないか、と。寝つけないのも、神経質も心配性も、あやかしの気配を感じた自分の防衛反応だったと思われる。

男性が開けた木箱の中には、漆塗《うるしぬ》りの丸い入れ物があった。蓋《ふた》がついていて、男性の手のひらと同じくらいのサイズだ。

「鎌倉彫の小物入れでしょうか。開けてもいいですか?」

「ええ」

木箱からそれを取り出して、男性が言う。

鎌倉彫とは鎌倉を代表する名産品で、彫刻漆器《しっき》の一種だ。八百年の歴史を持ち、現在も人気《にんき》の工芸品である。

「ん？　開かないな」

「開かない？」

あなたもやってみてくださいと言われた真は、器《うつわ》の蓋《ふた》を回してみたが、開かなかった。

「どういうことだろう」

男性が首をひねる。

「何か思い出されましたか？」

「……わかりません。なんとなく、昔、見たことがあるような気がしたんです。でも、だからといって受け取れません。これはその女性に返してください」

「そうですか……」

真は小物入れを木箱に戻した。男性に受け取ってもらえなければ、「おつかいモノ」の任務完了とはいえない。

消えた女性にまた出会えるだろうか。彼女が激怒するタイプだったら、面倒なことになりそうだ。

「受け取れませんが、気にはなります。しばらく鎌倉にいますので……何かあったら、ここへ連絡してください」

がっくりと肩を落とす真を気遣ったのか、男性が鞄《かばん》から名刺を出した。真も腹掛けを探《さぐ》って名刺を差し出し、交換する。男性の名は「中路正《なかじただし》」と書かれていた。

「その女性ですが、まだ下にいらっしゃるんですか？」

「いや、どうでしょう……」

答えに詰まった真は女性のことを考える。真を「おつかいモノ」と知っているのなら、結果を聞くために、どこかで待っている可能性はある。

「一緒に下りて確認しましょうか。僕も、女性に確かめたいですし」

真が明るく声をかけると、男性はうなずいた。

本殿から拝殿前に下り、さらに階段を下りていく。小さなあやかしたちはいない。手水舎《ちょうずや》の前の外灯の下に来たとき、男性が口をひらいた。

「こんな時間にひとりで来て、妙だと思われたでしょう」

「いえ、そんなことは」

真は首を横に振ったが、心の中では気になっていた。

「昔、小さい頃、このあたりに住んでいたんですよ」

「そうなんですか」

「今、仕事で一時的に鎌倉へ来ています。佐助稲荷神社は出世祈願のご利益があるじゃないですか。懐かしさもありますが、どうせなら祈願していこうってね。仕事終わりに何度か来ているんです」

「もしかして女性は、引っ越す前の幼なじみとか……」

真の言葉に男性が、ないない、と手を顔の前で振って笑う。

「私はその頃、友だちがいなかった。ましてや、同年代の女の子の友だちなんて皆無《かいむ》ですよ」

階段を下りきった場所に、消えたはずの女性が待っていた。このあたりは大きな家が立ち並んでおり、その明かりで、はっきりと女性の姿が見える。

「あ」

ところが、嬉しそうに声を上げた女性の前を、中路は通り過ぎた。そして真を振り向く。

「その女性、いないみたいですね」

中路には彼女の姿が見えないらしい。あんなにも熱心に彼を見つめているのに、気配すらわからないようだ。

「ええと、見えません、か」

「見えない？　何が？」

「いえ、なんでもないです」

余計なことを口走ってしまった。真は苦笑いをしつつ、停めておいた人力車の前へ移動する。中路がため息をついた。

「その女性、私にその小物入れを見せて何がしたかったのか……。彼女に会えばわかるかもしれないが、いないのでは知りようがありませんね」

中路の言葉を聞いた女性は、悲しそうに目を伏せた。

こんなときは、「おつかいモノ」としてどうすればいいのだろうか。そもそもあやかしの扱いに慣れていない真には見当もつかない。

「じゃあ、万が一、何かわかったら連絡ください」

「はい。中路さんも思い出されたらお願いします」

彼は仕事が終わる年末まで、鎌倉のホテルに滞在するそうだ。

「佐助稲荷神社は、とても……好きな場所です」

去り際に、中路がぼそっとつぶやいた。

中路の背中を見送った真は、となりに立つ女性に顔を向けた。

「今さらですけど、あなた、あやかしの方ですよね？」

「あやかしの方って言い方、丁寧で面白いですね」

真と視線を合わせた女性が、ふふ、と柔らかな笑みを見せる。つい先ほどの悲しげな様子はない。

「確かに私はあやかしです。だからあなたに『おつかいモノ』を頼んだの。あの人はもう、私の姿が見えないから……」

　女性の頭に、ぴょこんと獣の耳が生えた。腰のあたりでは白い大きな尻尾《しっぽ》が左右にぶんぶん揺れている。

「狐《きつね》……？」

　そうです、とうなずいた彼女は、深々と頭を下げた。

「お仕事中にすみませんでした。ご迷惑おかけして、申し訳ありません。あの方が思い出してくださらないなら、もうどうしようもないのです。それでは……」

　弱々しい声だ。そんなにも、中路にこの木箱を渡したかったのか。あやかしに同情するのは危険な気がしたが、このままでは「おつかいモノ」としての仕事が完了しない。

　真は男性の言葉を伝えることにした。

「ちょっと待って」

　立ち去ろうとした妖狐《ようこ》に声をかける。

「僕、あの人と連絡先を交換したんです。この器《うつわ》を見たことはある気がするから、思い出したら連絡をくれるそうです」

「本当に？」

　振り向いた妖狐《ようこ》の顔がパッと明るくなった。

「ええ。だから僕の家で詳しい事情を教えてくださいませんか」

「あなたのお家に？　私が行くんですか？」

「僕の他にもうひとり変なのがいますけど、よろしかったら」

風吹がそばにいたほうが安心だ。

本心では首を突《つ》っ込みたくないし、早く家に帰って疲れを取りたい。何事もなければ、風吹や小天狗《こてんぐ》と接することなく、自室でひとりの時間を過ごせる。

だが、あやかしの使い走りをする「おつかいモノ」の仕事を続けなければ、真の目的は達成できないのだ。

あやかしと接していれば、いつかきっと、真をこんな目に遭《あ》わせた奴を突《つ》き止めることができる。志木家に安寧を取り戻すためにも、できることはすべてやっておきたい。

「私は見てのとおり、妖怪なんですよ？　いいんですか？」

「家に僕ひとりならお誘いしませんが、他にもいますので大丈夫です」

「だったら……お言葉に甘えて、お邪魔します」

女性は再び、丁寧に頭を下げた。

真は会社へ戻り、着替えを済ませる。外で待たせている妖狐《ようこ》とともに、家路を歩き始めた。

感じのいいあやかしだが、気を許したわけではない。家に着くまで何も起きない保証はないのだ。

真はあやかしの気をそらすために、リュックから折箱を出した。

「これ、良かったらどうぞ」

蓋《ふた》を取って差し出す。

「まぁ、稲荷ずし？」

ひょいと箱を覗《のぞ》いた女性の目が輝く。

つやつやに光るお揚げに、白ごまがぱらりと振ってある。お揚げと酢飯の香り、隅っこに盛られた紅生姜《べにしょうが》が食欲をそそった。

「社長から俥夫《しゃふ》に差し入れでもらいました。仕事終わりで小腹が空《す》いちゃったんで、歩きがてら食べようかと思ってたんです。つき合ってくださいます？」

面倒だと思わずにもらって帰ってきてよかった。狐《きつね》に稲荷ずしとはいいタイミングだ。

真が稲荷ずしをひとつつまんで口に放ると、「じゃあ遠慮なく、いただきます」と、女性も白い手を伸ばした。

稲荷ずしをパクンと口に入れる。

「あら、美味《おい》しい」

んふふ、と妖狐《ようこ》が笑った。さすがは狐《きつね》である。美味《おい》しそうに食べるものだ。

「北鎌倉のお店らしいですよ。うん、本当に旨《うま》いですね。もうひとつどうですか」

「いいの？」

「もちろん。どうぞ」

「嬉しい……！」

女性がつまみ、真ももうひとつ口に入れ……、しゃべりながら歩いているうちに、ふたりは稲荷ずしをたいらげてしまった。

そうして、家に帰り着くまで、真の身に危険なことは、何ひとつ起きなかったのである。


「──なんだ、そいつは」

妖狐《ようこ》を連れて祖父の部屋に入ったとたん、真は風吹に睨《にら》まれた。彼は母が作った夕飯をがっついている。

「彼女に『おつかいモノ』の仕事を頼まれたんだよ。あ、まだ名前を聞いてなかった」

妖狐《ようこ》は風吹に体を向けて、丁寧にお辞儀をした。

「ふさと申します。お邪魔いたします」

「ふん。『おつかいモノ』の依頼主を家に連れてくるっていうのは斬新だな、真よ」

風吹はふさを一瞥《いちべつ》したあと、唇についたハンバーグのソースをぺろりと舐《な》める。

「家のほうがゆっくり話せる。外は寒いからね」

真は座布団をふさに渡す。ふさは「ありがとうございます」と礼を言って、真のとなりに座った。

「まぁ、俺がいれば安心だもんな。こういうのもアリか」

「あなた様も、あやかしでいらっしゃいますね？」

ふさが風吹を見つめた。片手で味噌汁《みそしる》の椀《わん》を持ち上げた風吹が、口の端を上げる。

「ああ、そうだ。イケメンだろう」

「……池？　が、どうなさったの？」

ふさが小首をかしげて真面目に訊《たず》ねた。どうやら風吹が覚えた現代語は、ふさには理解できないらしい。

「通じてないぞ、風吹」

真は鼻で笑う。

「ちっ、うるさい」

わざと音を立てて味噌汁《みそしる》をすする風吹に、真は事《こと》の次第をざっと説明した。続けて、ふさに疑問を投げる。

「佐助稲荷にいた男性――中路さんは、あなたのなんなんですか？　彼はあなたのことも、小物入れのことも、何も覚えていないと言っていましたが」

「そう、でしょうね。私とあの人が会えなくなったのは二十年も前のことですから」

「二十年？」

真は座卓の脇に置かれたポットとお茶のセットを使い、ふさと自分のお茶を淹《い》れる。

「あの人が、まだ七つか八つだったと思います。彼は夕方になるといつも、佐助稲荷神社にひとりで来ていました。そこで出会ったんです」

湯呑を受け取ったふさは、お茶の礼を言って話を続けた。

「逢魔《おうま》が時《とき》が来れば、私たちあやかしは、鳥居や幟《のぼり》や木々の陰から出ることができます。結界が解けて力を出すモノが多いのは、ご存じでしょう？」

「ええ」

「私は他のあやかしたちにからかわれたり、いじめられたりしました。でもあの人が一緒だとあやかしが近づいてこないんです。だから彼と一緒にいるのが楽しくて。そして不思議なことに、彼は私以外のあやかしが見えないようでした」

ふさのことだけ見えていたのに、今は彼女の姿すらわからなくなってしまったのか。

「中路さんは引っ越して、今は仕事で鎌倉にいると言ってました。今まで、あなたはどうしてたんですか？」

「突然会えなくなったので、私はずっと佐助のあたりで待っていたんです。彼は大人になってから数回、佐助を訪れたことがあります。でも、私の姿はそのいずれのときも彼には見えませんでした」

　ふさは勧められたお茶をひと口飲んだ。唇が不自然に紅《あか》く見えるのは、肌の色が陶器のように白いせいだろう。

　真は畳に置いていた木箱を膝に乗せ、木蓋《きぶた》を外す。

「この器《うつわ》、蓋《ふた》が開かなかったんですが」

　朱《あか》い漆塗《うるしぬ》りの器《うつわ》を取り出した。明るい場所でよく見れば、紅葉《もみじ》の柄が彫られている。器《うつわ》を持ち上げると、甘い香りが微《かす》かに届いた。

「中には何が入っているんでしょう？」

「それは……」

　ふさは答えようとした口を引き結ぶ。言いにくいといった表情で両手の指を合わせたり離したり、もじもじしている。

「おかしなものが入っているとか？」

　真はふさの手を見つめた。透《す》けるように白く美しく、体温を感じられない。

「これは私が手作りしたものなんですが……。あの人が私を忘れたみたいに、私もまた、小物入れに何が入っているのか忘れてしまったのです」

「えっ」

　手にしていた器《うつわ》を思わず落としそうになり、慌てて掴む。

「けれど確かにこれは、あの人と私をつなぐ、大切な器《うつわ》だということは覚えているのです。あの人がいなくなったあとずっと、待っていました。待ち続けて、会いたいという思いだけが執着として残り、私は佐助でさまよっていたのです。再会したあの人が、器《うつわ》を開けてくれるに違いないと思って、ずっと」

このおとなしそうなあやかしが、そこまで思う「中身」とはなんなのだろう。

「これが開いて中身を見れば、あなたの執着が解けるんでしょうか」

「たぶん。でも私、佐助の神社には入れません。あの人には私の姿が見えないですし、どうしたらいいのかわからなくて」

「それで僕に頼んだんですね」

「『おつかいモノ』の噂《うわさ》は聞いていました。あなたに私の姿が見えたので確信しました」

そのとき、ふたりの会話を聞いていた風吹が顔を上げた。頬に米粒がふたつもついている。

「お前はなぜ神社に入れないんだ？　いくら他のあやかしが苦手だといっても、逢魔《おうま》が時《とき》くらいには入れるだろう？」

「昔、あの人と会っていたのは逢魔《おうま》が時《とき》です。けれど、彼がいないから戻る勇気が出なくて……」

悲しげな声に真の胸がきつく痛む。

相手の気持ちや状況を瞬時に想像しすぎてしまう悪いクセは、相手があやかしだろうと人間だろうと、変わらないらしい。これ以上彼女の困惑気味な表情を見ていては、自分の意思にかかわらず、気持ちがどんどんそちらへ取り込まれてしまう――

真は背筋を伸ばして、話を切り上げることにした。

「とにかく器《うつわ》を開けないと、どうしようもないですね。あなたも中路さんも記憶にないと言うし。何か手がかりができたら、すぐ中路さんにご連絡してみます」

「私は佐助のあたりをうろついていますので、お声をかけていただけませんか。あ、あと、これを」

ふさが着物の袂《たもと》から竹トンボを取り出す。それからこれも、と言って絵本を差し出した。

「次に彼に会うとき、渡してほしいんです。もしかしたら何か思い出してくれるかもしれません。一緒に遊んだものだから」

「わかりました。器《うつわ》と一緒に預かっておきます。あの、今聞いた中路さんの小さい頃のお話を伝えるというのは――」

「彼に、私があやかしだということは伝えないでください。あの人の記憶にないということは、あやかしの存在自体、忘れているでしょう。志木さんが変に思われてしまいます」

「思い出してもらいたくても、中路さんに逃げられてしまったら、元も子もないですもんね」

お願いしますと頭を下げたふさは、志木家を出ていった。


その後、風吹は三個目のハンバーグを箸《はし》で突っついていた。

この天狗《てんぐ》は大食らいだ。どんぶりに五杯のご飯を食べる。

真の夕飯は風吹と同じメニューが居間に用意されていた。

「そういえば小天狗《こてんぐ》は？　江の島に行くって言ってたけど」

「知り合いのところに泊まるそうだ」

「へえ。そういうの、どうやって連絡取ってんの？」

「俺の仕事中に飛んできた」

「便利だね、君ら」

風吹は箸《はし》でマカロニが取れないらしく、面倒になったのか皿ごと口に持っていった。ざざーっと口に入れて、もぐもぐと食べている。稲荷ずしでは満腹にならなかった真の空腹が刺激された。

「風吹は、これを見て何か感じる？」

腹の音を無視して、預かった器《うつわ》を風吹に渡す。風吹はマカロニを呑み込んでから、器《うつわ》に鼻を寄せた。

「悪いモノではないな。俺の勘だが、菓子が入っているんじゃないか。匂いがする」

「なんとなく甘い匂いがすると思ったら、お菓子か。でも、二十年も開けてないのに、変じゃないか？」

「とっくに塵《ちり》と化しているだろうしな。しかし、狐《きつね》が持っていたものだ。有り得ないわけではない」

　風吹は言いながら、蓋《ふた》の部分を人差し指でなでたり、傾けたそれに目を凝《こ》らしたりした。

「面白い彫り方だな」

「そうなの？」

「鎌倉彫は知っているが、このように彫るのを見たことがない。……真」

　風吹が低い声で名を呼ぶ。真は思わず身構えた。

「……どうした？」

「母親に伝えてくれ。週に三日は生姜焼《しょうがや》きがいい。あれはとても旨《うま》い」

　真剣な面持ちで何を言うかと思えば……と、真は呆れ気味にため息をつく。

「自分で言えばいいじゃん」

「俺が？　生姜焼《しょうがや》きが週三回食べたいと、お前の母親に？　そんなもん恥ずかしくて言えるか！」

「何をキレてんだよ。そんなに恥ずかしいことか？」

「俺は泣く子も黙る大天狗《おおてんぐ》様だぞ？　食い物の種類を指定するなど、その、みっともないだろう……」

信じられないことに、風吹は未だ、真の母に人間の姿を見せていない。母の足音がすればさっと大天狗《おおてんぐ》に戻り、部屋の隅っこでじっとしている。あやかしの姿になると母には見えないからだ。

真には威張《いば》っている大天狗《おおてんぐ》のとる態度とは到底思えない。

「『先輩』の姿で、母さんに言いにいくなら違和感ないよ」

「……やだ」

声の勢いは弱まったが、食べる勢いは衰えなかった。風吹は大皿に盛られた切り干し大根を頬張っている。

「ほんとに天狗《てんぐ》かよ、わがままだな」

「お前のピンチを助けた大天狗《おおてんぐ》だ！」

「とにかく今夜はハンバーグだ。残さず食えよ」

「ああ。この柔らかい肉も好きだから残さない。だが、つけ合わせの甘い人参《にんじん》だけはどうも――」

「文句言わない！」

「……へいへい。ああ、さっきの器《うつわ》はここに置いてけよ？　邪気はないが、お前に悪さをしたら困る。今晩、様子を見る」

「ああ、わかった」

そんな風吹とのくだらないやり取りで、真はいささか落ち着きを取り戻したのだった。あやかしの感情に引きずられている場合ではない。冷静に対処しなくては。


翌日も真はバイトである。

「最後は、このお店の前に着くようにしていただきたいんです」

女性客のひとりが、スマホの画面をこちらに向けた。ちょうど考えていた場所を見せられて、一瞬ぎくりとする。

「鎌倉彫のお店ですか」

「そこで鎌倉彫の体験をするんです」

ね、と女性客らが微笑《ほほえ》み合った。

「僕もそのお店に用事があるので、一緒に寄らせてもらってもいいですか？」

「ええ、もちろん」

人力車の荷物置きに、昨日預かった器《うつわ》を入れている。専門家に見てもらえば開くかもしれない。

ひととおり案内を終えた真は女性客らとともに、店の奥に入った。彼女たちは鎌倉彫の体験場所へ進み、真は店主らしき男性に声をかける。

「急にすみません。『鎌倕夫《しゃふ》』の志木と申します。店主さんでしょうか」

「ええ、店主の綾部《あやべ》です。『鎌倕夫《しゃふ》』さんにはいつもお客さんを連れてきていただいて、助かってますよ」

還暦は過ぎているだろう綾部が、目じりに皺《しわ》を寄せて笑った。

「こちらこそお世話になっています。申し訳ないんですが、見ていただきたいものがありまして……」

「お時間かかりますか？」

「いえ、すぐに終わります。体験の方たちにご迷惑はおかけしません」

「でしたら、その椅子に座ってください。体験は弟子に任せていますので、大丈夫ですよ」

「ありがとうございます」

真は勧められた丸椅子に座った。木製のそれは年季の入った飴色《あめいろ》をしている。

「この器《うつわ》なんですが、鎌倉彫の小物入れで間違いないでしょうか」

ふさの器《うつわ》を受け取った店主は、眼鏡《めがね》をかけて、裏表まんべんなく眺めた。小柄な店主だが、職人らしいがっしりとした手の持ち主だ。

「これは蓋《ふた》つきの菓子器《かしき》ですな。綺麗な艶《つや》が出ている。紅葉《もみじ》の彫り方もいい」

「菓子器というのは？」

「まんじゅうや、せんべいなんかのお菓子を入れておくんですよ。お寺で法事の際、座卓の上に置いてあるのを見たことはありませんか？」

「ああ、そういえば、祖父の法事の席にあったような気がします」

真が感じた甘い匂いと、風吹の勘は当たったらしい。しかし、二十年も開けていない器《うつわ》の中から匂うほど、甘いものとはなんなのか。

「その彫り方に名前はありますか」

風吹が珍しい彫り方だと言っていたのが気になった。

「これは薬研彫《やげんぼ》りだね」

「やげん？」

「『薬』に研磨の『研』と書きます。薬研《やげん》というのは、昔、漢方薬を作る際に使用した薬種を粉砕する道具のことです。丸い銅板の真ん中に木の棒を差し、棒の両端を両手で掴んで、舟形の器具の上でゴロゴロと挽《ひ》くんですね。すると薬種が粉々になる」

店主は真のそばに来て器《うつわ》を傾け、彫りを指さした。

「ほら、ここをよく見てください。溝がV字に削られているでしょう？」

「このＶ字が、ボートみたいな舟形の薬研《やげん》の底に似ているので、薬研彫《やげんぼ》りといいます。薬研《やげん》はインターネットで画像検索をすると、たくさん出てくるはずですよ」

「あ、本当だ」

店主はもうひとつの丸椅子に腰掛けた。

「菓子器だから甘い匂いがするんですね」

「しっかり蓋《ふた》が閉まっているので、外からは匂わないはずですが……。お菓子を入れてあるんですか？」

どうやら甘い匂いを感じられるのは真と風吹だけらしかった。あやかしと、それらが見える「おつかいモノ」の、特殊な嗅《か》ぎ分《わ》け能力だったのか。

自分があやかし側の人間に思えてきて、嫌気が差す。

真は店主に気づかれないよう小さく息を吐いてから、顔を上げた。

「それ、蓋《ふた》が開かないんです。だから中身がわからなくて」

「開かない？　試していいでしょうか」

「ええ、どうぞ」

店主が蓋《ふた》に手をかけて回すが、開かない。力を入れたり、加減したりを繰り返しても、ダメだ。

「いや、不思議ですねぇ。びくともしない」

「開けるためのからくりでもあるんでしょうか」

「組み木細工じゃないから、からくりではないだろうなぁ……。接着剤でくっつけたというわけでもなさそうだし」

「僕も接着剤かと思ったんですけど、違うんですね」

「ここまで強力にくっついている場合、溶剤がはみ出ていてもおかしくないんですよ。だが何もない。どうしても開けたいなら壊すしかありませんね。個人的には、無理にこじあけるのは反対ですが」

「僕も壊すのは避けたいです。綺麗ですし、もったいないですよね」

「まぁ、そうなんですが、こういう場合、なんかしらの理由があるもんですよ」

「理由？」

店主は立ち上がり、真に器《うつわ》を返した。つるりとした感触は、店主の温もりが微《かす》かに残っている。

「いくら開けようとしても開かなかったものが、突然パカッとひらいただの、取れただのってこと、ありませんか」

「ああ……、たまにあります」

「そういうのは『物』が訴えてるんです。この人に開けてほしい、ここで開けてほしい、この時間に開けてほしい、ってね」

店主が苦笑する。

「長く生きてると、そんな出来事に遭遇するもんです。おかしなことを言ってると思われるかもしれませんが」

「いえ、僕もそういうのなんとなく、わかります」

では、この器《うつわ》自体があやかしなのだろうか。

真は器《うつわ》を木箱に戻す。

「お時間とらせてすみませんでした。蓋《ふた》が開いたら、またお邪魔してもいいですか？」

「ええ、ぜひいらしてください」

ありがとうございましたと礼を述べ、真は木箱を手に、店を後にした。

外は頬がひりひりするほど空気が冷たい。通り沿いの木々が冬の風に吹かれてざわめいている。

真は次の予約客を迎えに行くため、人力車を急ぎ足で牽《ひ》いた。そして考えを巡らせる。

「あえて薬研《やげん》彫《ぼ》りを選んだのだとしたら、中身は薬と関係があるんだろうか」

甘い匂いも気になる。

「甘い匂い、薬……。確か、僕が熱を出すと、おじいちゃんが甘い薬を飲ませてくれたっけ」

真は、断片的にではあるが幼い頃の記憶を取り戻しつつあった。

高熱を出すと、幼い真は、決まって悪夢を見た。おそろしい形相のあやかしに追いかけられる夢だ。つらい、苦しい、助けて、と煩悶《はんもん》する自分のそばに祖父がやってくる。そして決まって、甘い薬を飲ませてくれたのだ。

不思議と、その薬を飲んだあとはぐっすり眠れた。朝まで悪夢を見ることもなく、熱も引いてしまうのだ。

あれは、あやかしが見える者にだけ効く薬だったのだろうか。どうやって調合したのか知るすべはない。

「あの頃、よく熱を出して、しょっちゅう部屋にいたんだよな。それもこれも、あやかしが見えることが体に障《さわ》ったせいか」

祖父が幼い真を心配したのも無理はない。

だが、再びあやかしが見えるようになった真の体調は、特に悪くはなかった。大人になるにつれて体力がついたのかもしれない。内面の敏感さは変わりそうにないが。

車道を走る車に気をつけつつ、器《うつわ》について思考を続ける。

「ここで開けてほしい、この時間に開けてほしい……、ということは――」

ふさと中路はいつも、逢魔《おうま》が時《とき》に会っていた。

「行ってみようか。何か掴めるかもしれない」

今日の逢魔《おうま》が時《とき》、真はフリーだ。

予約客が入っていない場合に限り、「おつかいモノ」の仕事を優先する許可を父にもらっている。何かあったら風吹を呼べばいい。早番の彼は家に帰っている時間だ。

真は仕事帰りに佐助稲荷神社へ寄ることにした。


夕暮れ時。真は父に連絡をしたあと、佐助の道に入った。今年は暖冬だが、さすがにアスファルトの冷たさが伝わってくる、底冷えのする時間だ。

「ふささん、いないなぁ。どこをうろついてるんだろう。薬研彫《やげんぼ》りについて聞きたかったのに」

あたりを見回しながらつぶやくも、彼女は現れない。佐助稲荷神社の下に人力車を置き、延々と続く鳥居の前で一礼する。

階段を上ったとたん、声が届いた。

「あれまぁ、懲《こ》りもせずにまたひとりで来たよ」

「役に立たないおつかいモノじゃん」

「俥夫《しゃふ》ってのは観光客と一緒に来るもんじゃないのかい？　これは『ぼっち』というやつだな」

「よほど人気《にんき》がないんだろ」

　またも足元に現れたあやかしたちの会話にカチンとさせられるが、無視して進む。

「知らんふりするなら痛い目見せるぞ」

「そうだそうだ」

　踏みつけたい気持ちを抑えて、拝殿の前にたどり着いた。暗い中を参拝し、その先の本殿にもお参りをする。人はおらず、特に何の変化もなかった。

　真は目についた本殿横の階段を上がってみることにする。ハイキングコースに続く道だ。上から神社の全体を見れば、何か掴めるかもしれない。

「結構、急だな。よっ、と」

　進むにつれて道は狭く、坂がきつくなる。

「……ん？」

　すると、急なカーブに入ったところで気配が変わった。もうすっかり暗いが、微《かす》かな月明かりのおかげで、目の前がひらけたのがわかる。

「変だな。さっき見上げたときは、もっと先まで坂が続く気がしたけど……」

　風が生ぬるい。

　突如、歌が聞こえてきた。ハイキング客の声だろうか。

　さーすけーのあーかは、いいおいろー

もーみじーはまーだ、あーかくないー
きーつねさーまにー、たーのみましょー
うまーいもーのはぁ、ありゃせんかー
「みんな提灯《ちょうちん》を持ってる？　祭りがあるなんて聞いていないが……」
歌う集団が、ぞろぞろとこちらへ向かってきた。よくわからない不安に襲われた真の体がぞわりとする。とっさに茂みの陰に身を隠した。しかし――
――おや、みーつけたー
「うぐっ！」
ぐいと首根っこを掴まれ、思わず声が漏れる。尻もちをついた真は、現れたモノを見上げた。
「旨《うま》そうな匂いがしたと思ったら、いいエモノじゃあないか。おい人間、お前どうやってここに来たんだい？」
額《ひたい》の中央に一本の角を生やした赤い顔が、提灯《ちょうちん》の明かりに浮かび上がった。こちらを射《い》抜《ぬ》く恐ろしげな瞳に真は息を呑む。
「どうやって、って。あ、あいつらの仕業か……？」
真にかまってもらえなかった妖怪たちが導いたのかもしれない。

「おーいお前、来てごらん。久しぶりに旨《うま》いモノが食えそうだぞう」

赤鬼に手招きされて、もうひとりやってくる。こちらは着物姿の鬼女だ。手の爪が異様に長く、唇は血のように真っ赤で、角が二本生えている。

鬼女は真をしげしげと見つめ、おや、と首をかしげた。

「俥夫《しゃふ》の格好をしているね。こいつは『おつかいモノ』だ。あんた、食っちまったらダメだよ」

「なんだそれは？」

「私らの言うことなら、なんでも聞いてくれる鎌倉の使いっ走りって、噂《うわさ》だよ」

「ほほう、便利屋か。では早速頼んでやる。旨《うま》そうな子どもを三人ほど攫《さら》ってこい」

真は口を真一文字に引き結ぶ。いくら「おつかいモノ」だからといって、そんな頼まれごとは受け入れられない。

尻もちをついたまま、じりじりと後ずさりした。

「おい、お前『おつかいモノ』なんだろ？　そんなこともできんのか？」

「ああ、いい匂いだねえ。お腹が減ってきたわぁ」

ふたりのあやかしが同時に、真に覆《おお》いかぶさろうとする。真は地面に背をつけ寝転がった。

「失せろっ！」

叫びながら勢いをつけて、鬼たちの腹を両足で蹴り飛ばす。

「ぎゃああ」

「何をするんじゃ！」

不意打ちをくらったふたりは腹を抱え、真をねめつける。その隙《すき》に立ち上がって、来た道を駆け出した。

「勝手に物《もの》の怪《け》の道に入っておいて、なんてやつだ！　待てい！」

月光が微《かす》かに届く闇の中、必死に走って、先ほど上ってきた坂道を目指す。

だが、走れども走れども、坂の入り口にたどり着かない。

「人間のクセに足の速い奴だ、ちくしょうめ」

「待て、待てぇえ！」

鬼たちの声が追ってくる。足元が見えれば、もっと速く走れるのに……！

「転ばしてやれ」

「うあっ！」

つぶやきと同時に足に何かが引っかかり、真は前のめりに倒れた。

「くっそ、また小さい奴にやられた！」

おそらく、境内で相手にしなかったあやかしだ。

うつぶせに倒れた真の背中に、立ち上がる間もなく、追いついた鬼たちがのしかかる。

「ふう、手間かけさせやがって」

「やっぱり食べちまったほうがいいわね、あんた」

生臭い息が、真の首筋に降りかかった。

「どけよっ！　くそっ、重い……っ！」

手足をじたばたさせたが、ふたり相手ではどうしようもない。鬼は真の背の上で、楽しそうにけらけらと笑っている。

「ふ、風吹っ！　来いっ！」

真は力いっぱい叫んだ。ここまでピンチになったのは荏柄天神社以来である。

「どこだ、真！」

疾《はや》きこと風のごとし――、そんな言葉が浮かぶほどに、彼の到着はすさまじく早かった。

「ここ、だ……！」

真の声が届くや否《いな》や、つむじ風が鬼らを持ち上げる。

真がそちらを向くと、風吹が鬼らの顔を右手で殴り、吹っ飛ばしていた。左手に団扇《うちわ》ではない何かを持っている。そちらの手をかばいながら、彼は鬼らを蹴散らしたのだ。

すたこらさっさと逃げていく鬼を確認した風吹が、こちらへ近づいてくる。外灯の明かりの下、真と風吹は、いつの間にか神社の境内にいた。

「……なんで、団子を食ってるんだよ」

風吹の左手にあったのは、かじりかけの団子である。珍しい黄色あんの団子だ。

「社長にもらったんだ。めちゃくちゃ旨《うま》いぞ、このハチミツれもん団子。映《は》えるというやつだな、写真は撮ってないが。いやそれよりも、真」

「ごめん。……わかってる」

「俺に言ってから行け。わざわざ逢魔《おうま》が時《とき》のこのような場所に、自分から入り込むな。ひとりで行くならせめて昼間にしてくれ。忙しいときは客を優先して、お前を助けられん場合もある」

静かだが、怒気をはらんだ声だった。

「僕を守るんじゃないのか」

「俥夫《しゃふ》の仕事を疎《おろそ》かにしたくないんだ！」

なるほど、と真はうなずき、スマホを取り出す。午後五時半を過ぎている。あのままでいたら、時がどんどん経ち、どうなっていたかわからなかった。さすがに真も反省せざるを得ない。

「たくさんのあやかしが、提灯《ちょうちん》を持って歩いてた」

真は半ばひとりごとのようにつぶやき、立ち上がった。

「物《もの》の怪《け》の道に迷い込んだのだ。普通の人間は入ろうと思っても入れない道であり、一度入ったら出られない」

となりに来た風吹と、境内をなんとなく歩き始める。

「みんなで変な歌を唄《うた》ってたよ」

「よくある遊びだ。特に深い意味はない」

「……ふうん」

初めは祭りの歌かと思った。今も鮮明に思い出せるほど、印象深い声色だった。

「鎌倉彫の小物入れは、風吹が言ったとおり、お菓子を入れる器《うつわ》だったよ。鎌倉彫の店主に聞いた」

「俺の勘が当たったというわけだ」

にっと笑った風吹が、「団子の続きは神社を出てから」、とブツブツつぶやく。意外とマナーがよいのだ、このあやかしは。

「普通の人間には、あの甘い匂いはわからないってさ」

「お前も普通じゃないもんな」

「……まぁね」

苦笑した真は拝殿の前を通り過ぎ、奥にある霊狐泉《れいこせん》の前に立つ。神水が湧きでるパワースポットだ。

「どこかにヒントがないかな」

スマホのライト機能を使って、あたりを見回した。霊狐泉の説明書きや、佐助稲荷霊験譚《たん》などの看板がある。

神社の手前、下社の看板には子狐《こぎつね》を助けたお礼に親狐《おやぎつね》が薬種袋を残した伝説が書かれていたのを思い出した。

「薬か……。そっちも薬研彫《やげんぼ》りと何か関係があるかもしれない」

看板から、上のほうへライトを当ててみる。立派な木が赤子のような形の青葉をさわさわと揺らしていた。

「これって紅葉《もみじ》……？　十二月なのに、まだ色づいてない」

「今年は暖冬だし、もともと鎌倉の紅葉は遅いからな」

「それは研修で聞いたけど、鎌倉も紅葉してるところはあるじゃん。ここまで色がついていない場所は初めて見た」

「山の中は日が当たりにくい。だから、ここいらあたりの紅葉は特に遅いんだろう」

真はそこら中の木々にスマホのライトを当てた。紅葉《もみじ》だけではなく、銀杏《いちょう》の葉もまだ青い。

「……もみじはまだ、あかくない……」

真は顎《あご》に手を当て、頭に残る妖怪たちの歌を反芻《はんすう》する。

「どうした、真？」

「もしかしたら、わかったかもしれない」

「何が？」

「いや、調べてみないとわからないけど、たぶん。行こう」

ふたりは鳥居の下に続く階段を下りていく。

「それから、中路さんをここに呼んでみる」

「いつ頃だ」

「あと二週間くらい経てば、ちょうどいいんじゃないかな」

「二週間後は『クリスマス』だな。俺もとうとう、クリスマスケーキというものを食べられるのか。楽しみだ」

風吹の声がうきうきと弾んでいる。

「特別な飾りつけをしただけで、普通のケーキとたいして変わらないよ」

「普通のケーキってのも、まだ食べたことがない」

「そうだっけ。……あ、中路さん！　と……」

鳥居を出たところに、中路がいた。彼のそばには、ふさが立っている。前回同様、中路は彼女に気づいていない様子だ。

「こんばんは、偶然ですね。あの器《うつわ》、なんなのかわかりましたか？　私はさっぱり思い出せなくて」

彼が真に会釈《えしゃく》した。

「いえ、詳細はわからないんですが……、あ、そうだ。ちょっと待ってください」

真が人力車に戻っている間、風吹と中路が挨拶《あいさつ》を交わす。

「これに見覚えはありますか？」

すぐに戻った真は、ふさに預かったものを差し出した。

「……絵本と竹トンボ、ですか。これもその女性から？」

「ええ、また預かったんです。これを渡せば思い出すかもしれないと。名まえは『ふさ』さんと言っていました」

「ふさ、さん……。絵本は見たことがあります。しかしこれは当時流行《はや》ったもので、祖母の家にもありました。竹トンボは、どうだろう」

「境内で一緒に遊んだ覚えは？」

中路が首を横に振り、苦笑いした。

「志木さん。小学校低学年頃に遊んだことを、あなたは事細《ことこま》かく覚えていらっしゃいますか？　私は友だちがいなかったせいもあるんでしょうが、ほとんど覚えていません。器《うつわ》の存在は気になりますが、その女性にお会いできたとしても、何も思い出せないと思いますよ。この件はもう終わりにしましょう」

では失礼します、とその場を立ち去ろうとする。真は慌てて彼の前に回り込んだ。

「待ってください。二週間後、まだ鎌倉にいらっしゃいますか」

「年明けに別の現場に行きますので、年末まではいます」

「では、二週間後のクリスマス、いえ、二十七日のこの時間に、佐助稲荷神社にもう一度だけ来てくださいませんか」

慌てて言い直したのは、クリスマス後から大晦日《おおみそか》まで、鎌倬夫《しゃふ》の営業時間が短縮されることを思い出したからだ。それなら風吹も一緒にここへ来られる。

「時間をもらっても、思い出す自信なんてありませんよ。その女性も何か勘違いしてるんじゃないですか。私に直接会いに来ないのもおかしいですよね」

中路が渋い顔をする。

「それで最後ですから、お願いします」

真が頭を下げると、最後なら、という約束をして、中路は去っていった。

ふさが遠ざかる中路の背中を見つめ続けている。

「……ふささん」

「私は諦めません。絵本と竹トンボがダメなら、これと、これなんかどうかしら」

袂《たもと》から取り出したのは、古ぼけたお手玉と、おはじきだ。

「次に中路さんに会うのは少し先ですけど、いいですか？」

「お願いします。あの人がまだ鎌倉にいるのなら、諦めたくない」

他にもこれと、あれと、これもあるし、などと指折り数えている。彼女なりに必死なのだ。

真は知らず知らずのうちに、ふさと祖父を重ねていた。

覚えていてほしい人に忘れられるというのは、悲しいことだ。祖父はどうだったのだろう。

真の記憶から祖父やあやかしについてのことを消し去り、血のつながらない真の命と自分の命を引き換えにするほど、可愛がってくれていたのだ。

その真はつい最近まで祖父を覚えていなかった。たとえ二十歳《はたち》までといっても、記憶が戻るか祖父に確信はなかっただろう。悲しくなかったはずなど、ない――

「あの器《うつわ》の鎌倉彫は、薬研彫《やげんぼ》りだと真から聞いたが、心当たりは？」

残りの団子を食べ終わった風吹が、不意にふさに訊《たず》ねた。

「薬研《やげん》って、お薬よね。何か思い出しそうな気がしますが……」

ふたりが会話をしている間に、真は深呼吸をする。所かまわず人の思いに囚われてしまう性分を、いつか治したい。

「絵本や竹トンボは思い出せるのに、その器《うつわ》のことだけ思い出せないのも変だな」

「大事なものということだけは、わかるんです」

「中路さんに、本当に思い出してほしいもの、だからじゃないですか」

まだ落ち着いたとはいえないが、真は会話に戻った。

「そうかもしれません。大切すぎて、彼が私を見えなくなった事実を受け入れられずに、その思い出を心に閉じ込めてしまったような気がします」

ふさのつらさを取り除くことができるのは、中路しかいないのだ。

暗い雰囲気を払拭《ふっしょく》したくなった真は、そういえば、と話を変える。

「ふささん、ずっとこのあたりをうろうろしているのかと思ってたんですけど、そうでもないんですね」

「実は、先日いただいた稲荷ずしがあんまり美味《おい》しかったもので、北鎌倉へ行ってたんです」

ふさぎ込んでいたふさの表情が和《やわ》らいだ。真は自分もホッとしていることに気づく。

「旨《うま》い稲荷ずしだと？」

横から風吹が口を挟む。

「ええ。でもとっくに売り切れでした。ああ、残念」

「ふささんの姿は店主に見えないんですよね？　間に合ったとしても、買い物できないと思うんですが」

「いえそれは、あの……ちょっと拝借するというか、つまみ食いというか、ええと、食べてもひとつですよ？」

真が疑問を呈《てい》すと、ふさがしどろもどろになる。あやかしにしては愛嬌《あいきょう》があり、面白い。だからなのか、自然にこんな言葉が口をついて出た。

「そんなに気に入ったなら、今度僕が買ってあげましょうか」

「本当？　嬉しい！」

顔の前で両手をパンと叩《たた》いて、ふさが破顔する。

「おい、真。俺の分は？」

「自分で買えよ。給料もらってるんだろ」

「扱いの差がひどい」

ぶつくさ言う風吹を横目に、真は人力車へ戻った。

真が祖父を思い出していくように、何か強いきっかけがあれば中路も思い出すはずだ。そのきっかけが、鎌倉彫の菓子器であるのはわかっていた――

大晦日《おおみそか》まであと四日の、逢魔《おうま》が時《とき》。「鎌俥夫《しゃふ》」はクリスマス後から大晦日《おおみそか》まで営業時間が短くなる。

仕事を終えた真と風吹はいったん会社へ戻って人力車を停め、俥夫《しゃふ》姿のまま、ふさを連れて急いで佐助稲荷神社へ向かった。

「よし、行くぞ」

「あの、風吹さん。私は神社に入れないんです」

ふさが困惑気味に答える。彼女の手は風吹に掴まれていた。ふたりのすぐ後ろで、真がその様子を見守る。

「そんなことは知っている。他のあやかしが怖いのなら、俺が蹴散らしてやるから安心しろ」

「ええっ」

「人間に化けていても俺様は大天狗《おおてんぐ》だ。もしや、俺のことも怖いのか？」

「いえ、あなたは私をからかったりしないので、怖くはありません」

ふるふると首を振るふさの尻尾《しっぽ》もまた、左右に揺れている。真は思わず噴き出しそうになった。

「それなら問題ない。俺の手をしっかり掴んでろ」

「わ、わわ、はい……！」

風吹にぐいぐいと引っ張られ、ふさが紅《あか》い鳥居をくぐる。

「やっぱりだ。葉が色づいている」

足元を見ながら真はつぶやく。すっかり紅葉した葉が、あちこちに落ちているのだ。

「おら、どけどけっ、邪魔だ、邪魔だ！」

風吹は、早速現れた小さなあやかしたちを足で蹴散らしていた。わぁきゃあとそれらが逃げていく。風吹のとなりで、ふさが呆気に取られているのがまた面白い。

「いいな、それ。僕にもできればいいのに」

思わず、真の口から本音がこぼれた。こう、うるさくつきまとわれては、ふさが嫌がる気持ちもよくわかる。

「やればいい。お前にならできるだろ」

「無視したり、怒鳴るのが精いっぱいだよ」

草むらの陰で文句を言っているあやかしを無視し、三人は拝殿の前までやってきた。

外灯の下、真たちを待っていた男が顔を上げる。

「中路さん、お待たせしました。お寒い中をすみません」

真がぺこりと頭を下げると、風吹もそれに続く。

「いえ、大丈夫です。それにしても、なぜその器《うつわ》に、あなたたちはそこまでこだわるんですか。人力車に何か影響でもあるんでしょうか？」

当然のように中路はふさには気づかないまま、真と風吹を交互に見た。

「引き受けたことには最後まで責任持ちたいんで」

返答した真と風吹は拝殿でお参りをしてから、中路を大きな紅葉《もみじ》の木の下へ誘導する。

「早速なんですけど、もう一度器《うつわ》の蓋《ふた》を開けてみてくれませんか」

「開くようになったんですか？」

「いえ、まだ開きません。試しに大岩さん、ちょっとやってみてください」

「お、おう」

風吹が大きな手を出して受け取る。

「開かないな」

蓋《ふた》を回そうとしても､逆さにしても､どうやっても外れない。真は中路に向き合った。

「でも今ここで、この場所で、中路さんが開けてくださったら、たぶん開くんです」

「いや、意味がわからないんですが。どう見ても大岩さんより、私のほうが力はない。第一、以前も開かなかったのを、志木さんは目の前で見ているじゃないですか」

「僕はこの器《うつわ》を調べるために鎌倉彫の店に行きました。開かないモノというのは『この人に開けてほしい、ここで開けてほしい、この時間に開けてほしい』そう、訴えていると聞いたんです。この器《うつわ》を僕に託《たく》した女性は、他の誰でもない、中路さんに開けてほしいんです」

「私に……？」

器《うつわ》を受け取った中路の表情が訝《いぶか》しげなものから一転した。蓋《ふた》が、嘘のようにくるりと回ったのだ。

「えっ、あ、開いた！　本当に開いた！」

驚く彼の手元に、真がスマホの明かりをかざす。

器《うつわ》の中に丸いものがふたつと、小さく三角に畳まれた白い紙が見えた。

「それは……？」

「これは、まんじゅうと薬、です」

答えた中路の手が震えている。

「ほう。やはり甘いものが入っていたのか」

風吹が器《うつわ》を覗《のぞ》き込み、くんくんとそれを嗅《か》いだ。中路の言うとおりだとしたら、このまんじゅうは二十年もの間、同じままであったことになる。

「中路さん、どういうことなのか、わかりますか？」

「私は……」

喉《のど》を詰まらせせながら、中路が言った。

「私はなぜ、忘れていたんでしょう？　ああ、バカだ。彼女のおかげで、あの頃の自分は生きられたようなものなのに」

彼の目はうるみ、体がわなわなと震えている。

「……幼い頃、私は親の放置により、ひとりでここに遊びに来ていたんです。保育園は遅い時間まで預かってくれますので、その頃はまだよかったんでしょう。小学校に入学してからは完全に放置されていました。親の評判が悪かったこともあり、近所の親たちは自分の子どもと私が遊ぶことを禁止していて」

いわゆるネグレクトというものだろう。幼い中路を想像するのがつらくなる。

「居場所のなかった私はこの神社へ来て、ひとりの女性に出会ったんです。彼女は、ふさと言いました。いや、そうじゃない。私が彼女のふさふさした尻尾《しっぽ》を綺麗だと褒めたんだ。そうしたら『私の名は、今日からふさです』と……」

器《うつわ》の中を見つめ、中路は涙声で続けた。

「家に帰ってもほとんど食べ物はなく、給食だけが頼りでした。いつも腹を空《す》かせていた私に、ふさが菓子をくれたんです。そのうち、せんべいや飴玉《あめだま》では腹が満たされないだろうと、まんじゅうを持ってくるようになりました。この、鎌倉彫の器《うつわ》に入れて」

彼のとなりに並んだふさの目もまた、うるんでいるように見える。

「まんじゅうは必ずふたつ入っていました。ふさは自分のまんじゅうも私にくれるんです。そして、私が風邪を引いたときには、彼女がこのように、紙に包んだ粉薬を用意してくれました。それを呑めば不思議と症状が緩和され、いつの間にか治っていました」

目の前でやっと思い出した中路を、ふさはどう思ったのだろう。そして彼女もまた、すべてを思い出したのだろうか。

「私は、ふさが大好きでした。彼女がいたから幼い自分は生きていられた。寂しくとも、飢えていようとも、友人がいなくとも、ここに来ればふさに会えた。会えば楽しくて、イヤなことは忘れられた」

「なぜ、引っ越されたんですか」

「親が私を放置していたことが見つかったんでしょう。私は九州《きゅうしゅう》の祖父母の家に引き取られました。祖父母が亡くなった後は関西《かんさい》、次は四国《しこく》……。その後、ひとりで上京しました。両親は一度も私に会いに来ることなく、離婚したらしいです。未だに彼らの居場所は知りません」

「僕が初めて中路さんにお会いしたとき、立身出世を願っていると言われましたよね？　その前にも何度かいらっしゃってますか？」

「ええ。上京してきたばかりの頃と、就職が決まったとき、それからこの前ですね。以前は懐かしさからです。今は……、実は来年、事業を立ち上げることになりまして、それで参拝に来ていました」

親に放置され、親戚にたらい回しにされた中路がここまでの人間になるには、どれほどの苦労があったのか計り知れない。

「この時間に来ていたのも、なんとなく懐かしかったからなんです。なのに、ふさと

の思い出は、今の今まで記憶から消えていました。どうしてなのか、わかりません
が……」

ふさは中路の話に耳を傾け、何度も何度も、静かにうなずいていた。

「尻尾《しっぽ》が生えている女性だなどと、おかしなことを言ってしまいました。幼い頃に見間違えたんでしょう。彼女には狐《きつね》みたいな耳と尻尾《しっぽ》があったんです。ここがお稲荷さんだから、そう思い込んでしまったのかな」

「いいえ、見間違いではありませんよ」

「え？」

「僕が見たふささんにも、狐《きつね》の耳と尻尾《しっぽ》がありました。色が白くて、とても綺麗な人ですよね」

「……彼女は今、どこに……？」

信じられないという顔で、中路が疑問を口にした。

「会いたいですか？」

「会いたいです！　彼女に会って、お礼を言いたい。ずっと自分を救ってくれた、ふさにお礼を――」

「あなたのとなりで、微笑《ほほえ》んでいます」

中路に顔を向けているふさは、嬉しそうに、懐かしそうに、彼を見つめ続けている。

だが、中路には――

「……見えない」

真の視線を追っても、彼にはふさが認識できない。それが歯がゆいようで、中路は顔を歪《ゆが》めた。

「中路さんを懐かしそうに見つめて、笑いながら涙をこぼしています……」

「なぜ、なぜ今の私には見えないんだ！」

中路の叫びとともに、器《うつわ》の中身に変化が訪れる。

「あぁ、まんじゅうが……！」

ふたつのまんじゅうと薬の入った紙の包みが、淡雪《あわゆき》のように消えてしまった。

「……狐《きつね》が光ってる」

真はそれに気づき、振り向いた。

紅葉《もみじ》の木の根元に置かれた対《つい》の白狐《しろぎつね》のひとつが、白く輝いている。そして、中路の横にいたふさの姿が、ない。

真は導かれるように光る白狐《しろぎつね》の前に行き、しゃがんだ。手を伸ばして、冷たい陶器に触れる。

「う……っ」

とたん、ふさの記憶と感情が流れ込んできた。

◇

◆

――背中と腰が痛い。

観光客のひとりが、私を蹴とばしたことに気づかず、そのまま行ってしまった。

膨大な数の白狐《しろぎつね》が佇《たたず》むこの神社では、夕刻近くにそれらのひとつが倒れていても、見つけてもらえることはない。明日、誰かの目に留まって起こしてもらえればよいのだけれど……

普段と違う視界に戸惑《とまど》いながら、私は美しく紅《あか》い紅葉《もみじ》の葉を見つめた。ひらひらと葉が降ってきて、目の前の地面に落ちる。

そうして、すっかり諦めていた私のそばに、誰かがやってきた。

「転んじゃったのか。僕が直してあげるよ」

小さく、温かな手が私をそっと持ち上げ、起こしてくれる。

その男の子の優しい笑顔が私の胸を打った。不思議な感覚に襲われていた私は、ふと、あたりの気配に気づく。

境内は夕暮れを過ぎた頃。そろそろ逢魔《おうま》が時《とき》になる。

子どもがひとりでこんな時間に神社にいては、すぐにでもあやかしたちに連れていかれてしまう。

ここにいては、いけない。でもこのままでは、男の子に伝えることができない。今だけでいいから、どうか、彼に伝える手段を――

強い強い思いが、私をあやかしに変えた。男の子は驚いていたが、逃げはしなかった。

「あの、助けてくれてありがとう。でもね、こんな時間に子どもが神社に来てはダメなのよ。すぐお家に帰ったほうがいいわ。それに、そんな格好じゃあ寒いでしょう?」

十二月だというのに、男の子は長袖《そで》シャツ一枚と半ズボン姿だ。子どもは暑がりというが、それにしても薄すぎないだろうか?

「おねえちゃん、すごいね! 変身上手だ!」

男の子が満面の笑みで言った。

「え、えっと、そう?」

「僕、家に帰っても誰もいないんだ。だから大丈夫だよ。一緒に遊ぼうよ、変身ごっこしよう!」

「でも」

「平気だってば。……本当に、いないんだ」

子どもらしくない悲しげな表情を見た私は、彼の境遇を一瞬で察した。

奉納された陶器の白狐《しろぎつね》から、あやかしに変わってしまった私をからかうモノたちのことはイヤでたまらなかったけれど、男の子がそばにいてくれると、誰も私のそばには寄ってこない。だから心置きなく彼との遊びを楽しめた。

そして男の子に会うたび、彼の身の上を心配する毎日となったのだ。

私は彼がお腹を空《す》かせないようにお菓子を与え、具合が悪そうなときは薬をあげた。この地に伝わる薬草で作った特別な薬だ。

いつか彼が自立して出世できるように、それまで健《すこ》やかに過ごしてほしいという願いを込めて、佐助稲荷神社の紅葉《もみじ》を薬研《やげん》彫《ぼ》りで施《ほどこ》した手作りの器《うつわ》に入れる。

男の子と出会って数か月が経った、ある日。

私はいつものようにお菓子の器《うつわ》を持ち、逢魔《おうま》が時《とき》に境内で彼を待つ。今日はこしあんまんじゅうだ。鼻風邪がなかなか治らない様子だったので、調合を変えた薬を持ってきた。今日は何をして遊ぼうか。そろそろ新しい竹トンボを一緒に作るのはどうだろう。

けれど、逢魔《おうま》が時《とき》を過ぎても、男の子は現れなかった。翌日も、そのまた翌日も、何日も、何か月も、待てど暮らせど、彼は来ない。

いつしか私は神社の外で彼を待つようになっていた。周りのあやかしに、男の子が来なくなったことをからかわれるのが苦痛だったのだ。

いつかきっと、彼に会える。彼は会いに来てくれる。そうしたらこのおまんじゅうと薬が入った器《うつわ》を渡すのだ。願いを込めたこの器《うつわ》を、いつか、いつか——

◇◆

「——大丈夫か、真」

風吹の声かけで、真は現実に引き戻された。

寒いはずなのに、背中にびっしょりと汗をかいている。陶器の白狐《しろぎつね》は冷たかったが、ふさの心に触れた手は、温かい。

「……中路さん。今見たことを、お話しします」

立ち上がった真は、中路にふさの思いを伝えた。

彼は静かに涙を流し、噛みしめるように当時を思い出している。

「ふさはもう、消えてしまったのでしょうか？」

光ることのない白狐《しろぎつね》を見つめ、中路が言う。

「その白狐《しろぎつね》の中にいるのかもしれませんが、わかりません」

「志木さんは、私の小さい頃と同じように、彼女が見えていたんですね」

「ええ」

「私もいつかまた、ふさが見えるようになれたらいい。……なんて、彼女を忘れていた私が言うのは、わがままかな」

中路は涙を拭《ぬぐ》い、苦笑した。

「ふささんならきっと、喜んでくれそうな気がします」

「ありがとう」

あの優しいあやかしは、中路の思いを受け止めただろう。

神社を出たところで中路と別れ、真は風吹と並んで歩き始めた。

「それにしても、紅葉が紅《あか》くなってから蓋《ふた》が開くんだと、よく気づいたな」

「鎌倉彫の店主に聞いたって言っただろ？『この人に開けてほしい、ここで開けてほしい、この時間に開けてほしい』そういうふうにモノが訴えているって」

佐助の狭い道は外灯が少なく、神社の暗さが続いているように感じる。

「ふささんの願いは中路さんに器《うつわ》を開けてもらうことだ。開けてほしい時間は、ふたりが遊んだ逢魔《おうま》が時《とき》」

俥夫《しゃふ》の姿では走っていないと寒いので、真は自然と早歩きになる。

「場所は佐助稲荷神社。だが、ダメだったんだよな？」

「最初は開かなかった。ふささんが執着しているのは器《うつわ》だ。器《うつわ》には紅葉《もみじ》の柄が施《ほどこ》されている。そこであいつらだよ」

「あいつら？」

「物《もの》の怪《け》の道で出会った妖怪たちだ。奴らが唄《うた》っていた『もみじはまだあかくない』。そして風吹が言ったろ。鎌倉の紅葉《もみじ》は遅いって」

「そういうことか。以前、中路に器《うつわ》を開けさせてもダメだったのは、まだ紅葉していなかったからなのだな」

「ふささんの思い出の中でも、ふたりの出会いは紅葉が見事な時期だったよ」

その晩、真は熱を出した。

普段から飲み会などで大勢の人とかかわった後はぐったりしてしまう性質だが、それとはまた違った疲れが出たのだろう。

薬を与えてくれる祖父はいない。代わりに夢の中に現れたふさに甘い薬をもらったところで目が覚める。

「具合はどうだ？」

トイレに起きた真に風吹が声をかけてきた。不思議と熱は下がっており、普段どおりの体調だ。

「もうなんともないよ」

「それなら明日、出かけるぞ」

「どこに？」

「旨《うま》いと評判の甘味処《かんみどころ》だ」

真はあきれたものの、うなずいたのだった。

風吹が真を連れていったのは、鎌倉駅から佐助に向かう途中にある甘味処《かんみどころ》だ。いつも行列ができているのに、珍しくたいして並ばずに入れた。

ふたりは、清潔感のあるこぢんまりとした店内の窓際の席に着く。メニューは白玉がのったあんみつがメインのようだ。

「これってつまり、今回の『おつかいモノ』の報酬である、甘いものなんだよな？」

「そうだ」

風吹は真剣な顔でメニューを見つめつつ答えた。

「だったらそこはやっぱりさぁ、あのふたりにちなんで、まんじゅうなんじゃないの？」

「まんじゅうもいいが、どうしても食いたかったのだ。佐助稲荷のそばにあるとSNSで見かけてな」

「SNSなんかやってるのかよ。だから団子を『映《ば》え』とか言ってたのか」

「情報を集めるにはネットが一番てっとり早い」

しばらくして、ふたりがそれぞれ注文したものが運ばれてくる。真は宇治白玉《うじしらたま》クリームあんみつ、風吹は白玉団子クリームあんみつだ。

つやつやに光る白玉団子は、ピンポン玉ほどの大きさがある。ふたりはそれぞれ、蜜をかけてから食べ始めた。

「これ、ものすごく美味《おい》しいな。驚いた」

作りたての白玉団子はまだ熱を持っている。まるで、つきたての餅《もち》を食べているみたいだ。抹茶《まっちゃ》の蜜も香りがよく、本当に美味《おい》しい。

「……っ」

風吹はひと口食べて、難しい顔をしている。

「風吹、どうした？」

「う……」

「う？」

「う、旨《うま》すぎる！　白玉が温かく、大きく、ふやふやと柔らかい。この世のものとは思えん！　蜜も素晴らしく美味《おい》しい！」

興奮気味に言い放った風吹は、がつがつと夢中で食べ始めた。

「アイスも旨《うま》いね」

「寒い時期に冷たいものを、温かい屋内で食べるというのは格別だな。アイスを初めて食べたが、素晴らしい。んぐぐ」

「夢中になりすぎて喉《のど》に詰まらせるなよ？」

「んむ、わかってる」

真はスプーンを置き、熱いお茶を啜《すす》った。

「ふささんのまんじゅうは、普通に売ってるものじゃないよな？」

「そりゃそうだろ。二十年も器《うつわ》に入ってたんだから。しかもその後に消えたのを見ただろう」

「だよな。中路さんが小さい頃食べたまんじゅうも、ふささんのお手製か……」

「まさかの稲荷ずしのパターンだったりしてな」

「拝借してきたってやつ？　それならそれで面白いけどさ」

稲荷ずしをぺろりと食べたふさを思い出し、思わず真の顔がほころぶ。

「ゆうべ、ふささんが夢に出て、あの薬を僕にくれたよ」

「ほう？」

「僕も小さい頃、高熱を出すと、おじいちゃんに甘い薬をもらって飲んでたんだ。それであの器《うつわ》の甘い匂いと薬研《やげん》彫《ぼ》りはもしかして、甘い薬と何か関係があるんじゃないかって」

幼い子どもを気遣う優しさが、真に気づかせてくれた。

「佐助稲荷神社には、薬にまつわる伝説が残ってる」

「そういえば、下社の看板に書かれていたな。狐《きつね》が恩返しに薬種袋を置いていった、というやつだ。それとは別に、隠れ里の稲荷が頼朝の夢に現れたときに、薬を渡したというのも聞いたことがあるぞ」

「うん。ふささんの薬が万病に効くとは限らないけど、中路さんのためにこのあたりに残る薬の伝説を信じて、ゲン担《かつ》ぎをしたかったんじゃないかな。風邪ひとつだって、子どもには命取りになることがある。親にかまってもらえなければ、その危険性がぐんと高まるだろ。中路さんがそうならないように、薬研彫《やげんぼ》りをして願いを込めたんだ」

真が白狐《しろぎつね》を通して見たふさは、そう願っているようにしか思えなかった。

「ふさの思いが、お前の中に残っているのか、真」

風吹が珍しく心配そうな声で聞いてくる。

「わからない。でも、見てしまったから、消そうとしても難しいね」

「引きずり込まれるなよ？」

「引きずり込まれたらどうなるのさ」

「こちらの世界には戻ってこれないかもしれん。物《もの》の怪《け》の道に入って抜けられなくなるのと同じだ」

「……」

「気をつけろ」

ふさが意図しなくても、真の体質からいって、あちらの世界に行ってしまう可能性はあったかもしれない。

「それにしても、どうして見えなくなったのかな」

「何が？」

「中路さんだよ。ふささんのこと、引っ越してから見えなくなったみたいだし、記憶にもない」

「元来、子どもはああいうモノが見えやすいが、成長とともに見えなくなる。夢だったと思い込んだり、その夢ですら、すぐに記憶から消えるしな。中路の場合、幼い頃に寂しかった思い出があるなら、無意識に忘れようとしたのかもしれん」

「……なるほどね」

「お前の場合は特殊だ。いつまでも子どもなのかもしれんがな」

風吹の言い分が真の癇《かん》に障《さわ》った。

「子どもなのは風吹のほうだろ。生姜焼《しょうがや》きがいいだの、甘いものが食いたいだの」

「オーテングのほうが子どもだよねー」

「うわっ」

どこから入ったのか、風吹の後ろからひょっこり小天狗《こてんぐ》が現れた。真たちのあんみつを眺めて指をくわえている。

小天狗《こてんぐ》の姿は他の人に見えないとわかっていても、真は周りを警戒した。店員は奥に引っ込んでおり、客は二組しかいない。小声で話せば大丈夫そうだ。

「小天狗《こてんぐ》は、なんで風吹が子どもだと思うんだ？」

「オーテングは人間の姫様と恋に落ちて、追放されて、封印されたんだよ。我慢を知らない子どもなんだー」

何げない質問にとんでもない話を返されて、真はぎょっとする。

「まさかの恋愛沙汰かよ。人間のってことは、種族を超えちゃったのか……」

「余計なことをベラベラ話すな！」

風吹が小天狗《こてんぐ》の頭にげんこつを落とした。

「あたっ！　いたいよ、オーテングってば」

頭を押さえながら小天狗《こてんぐ》が涙目で訴える。

「真、小天狗《こてんぐ》には気をつけろよ？　こいつは俺よりも長く生きている。見た目は子どもだが侮《あなど》れない。俺もこいつに騙《だま》された」

「オーテング、騙《だま》されたって何？　オレは――」

「いいからお前は先に帰ってろ」

「っ！」

風吹にじろりと睨《にら》みつけられた小天狗《こてんぐ》は、唇を噛みしめて窓を通り抜けて外へ出ていった。

「機嫌悪いね。どうしたの？」

添えられたお新香を箸《はし》でつまみながら、真は風吹の顔色を窺《うかが》った。

「お前が知りたいなら話す」

「いや、言いたくなければ言わなくていい。別に興味ないし」

「真はそういうところがあるな。必要以上に他人とかかわらない。バイトの仲間にもそうだ。大学にも友だちいないだろ？」

少しはいるよ、と真は答え、続けた。

「人と深くかかわるのは面倒くさい。あやかしだって一緒だ。ふささんのような根底に何かを抱えているあやかしが一番やっかいだと今回わかったよ。気になって仕方のない存在になれば、僕の生活そのものに支障が出る」

「ふさに惚《ほ》れたのか？」

「そういうんじゃない。僕は人の感情に振り回されやすいんだ。特に悲しさとか寂しさ、怒りや不機嫌さ……ネガティブなものは、心だけじゃなく体に浸透して離れなくなるんだよ。体調まで悪くなる。今、風吹が心底イヤそうな顔をしただけで食欲が失せた」

「そういうもんか」

「だから、わざわざ自分から首を突《つ》っ込まないようにして自己防衛してたんだけど……」

あやかしは「おつかいモノ」として、どうしてもかかわらざるを得ない。

「体質だろうな。それ故《ゆえ》に俺たちのことも見えるし、あいつらに抗《あらが》おうとする力もあるのかもしれん」

「おじいちゃんの遺伝っていうわけじゃないのにね。変な偶然だよ」

「俺は彦蔵に封印を解いてもらったが、それ以外の力は見ていないから、奴のことはよく知らん。だが、お前のほうが彦蔵よりも、あやかしにかかわる力が強いように思う」

「え？」

封印を解いた祖父よりも、というのが引っかかった。

「天狗《てんぐ》の勘だ。いや、お前の境涯《きょうがい》か」

「イヤな勘だな。当たりそうで困る」

「菓子入れの匂いも当てたしな」

風吹はにいっと笑い、もうひとつ、大きな白玉団子を口に入れた。

「まあ、いろいろ面倒だったたし、思うところはあるけど、ふささんのもとの姿である、あの白狐《しろぎつね》は可愛いと思うよ」

気を取り直した真は残りのアイスをスプーンでまとめ、口に運ぶ。風吹があんぐりと口を開け、こちらを見つめてきた。

「何？」

「お前、そういうことを真顔で言うのは気をつけたほうがいいぞ。特に女の前では」

「どうしてだよ」

「無自覚な男は誤解されやすいものだ」

「意味がわからないんだけど」

真は熱いお茶を啜《すす》り、小天狗《こてんぐ》が去っていった窓の外へ目を向けた。


それから一か月後。真のスマホに中路からメッセージが入った。

彼は菓子器を持って、真が教えた鎌倉彫の店を訪れたという。器《うつわ》に入れる美味《おい》しいまんじゅうはどこに売っているのかと店主の綾部に訊《たず》ねると、喜んで教えてくれたらしい。

中路は無事に起業したら、その報告をするために再び佐助稲荷神社へ参拝するそうだ。

真も近いうちに、その旨《うま》いまんじゅうを買いに行きがてら、綾部にお礼を言いに訪ねるつもりだ。甘いものに目がない風吹も、喜んでついてくるに違いない。

北鎌倉で今日最初の客を降ろした真は、高い空を仰《あお》いだ。青く澄み渡る冬空にトンビが一羽飛んでいる。

「稲荷ずし、買ってくか」

ふさとの約束を思い出し、真はつぶやいた。

休憩時間に稲荷ずしを持って佐助稲荷神社に行ってみよう。明るい場所であの白《しろ》狐《ぎつね》を見てみたい。

そう思った。

三　桜の精

桜の季節。

古都鎌倉は、咲き誇る花をひと目見ようと観光客が押し寄せている。鎌俥夫《しゃふ》の人力車も連日フル稼働だ。

そして今日、真が人力車を牽《ひ》いている北鎌倉もまた、桜を楽しむ観光客で混み合っていた。

「ありがとうございました。お気をつけて！」

真は客を見送り、ホッと息を吐く。

もっと上手に案内ができたのではないか、乗り心地は悪くなかっただろうか、楽しんでもらえただろうかと、気を揉《も》むひと時だ。だが、仕事をやり遂げた満足感は何にも代えがたいものだと感じていた。

北鎌倉は鎌倉を北に進んだ場所一帯を指す。鎌倉駅周辺よりも落ち着いた印象の地域だ。

山の多いこのあたりは青々とした緑が目に心地いい。海もいいが、どちらかといえばいでいく。真は林や森が好きだった。緑の中にいると気持ちが落ち着き、緊張や不安が和《やわ》らいでいく。

真は、鎌倉での仕事をいつの間にか好んでいた。出会った客が穏やかで優しい人ばかりだったおかげでもある。

おつかいモノとしての苦労を忘れるほど、この仕事が肌に合っていると実感できる日が増えていた。

真が春の心地よい風を頬に感じながら、円覚寺《えんがくじ》から鎌倉方面へ向かおうとしたときだった。

「あのう、乗せていただけませんか？」

突然、声をかけられる。

「はい！　……えっ！」

人力車を停めて振り向いた真は、思わず声を上げた。

たぶん女性のつもりなのだろう。ふっくらした体がド派手なピンク色の着物に包まれている。しかし、茶色く大きなふさふさの尻尾《しっぽ》と丸顔の黒い鼻は、どうみても人間ではない。

「どうなさいました？」

呆気に取られている真に向かって、声をかけてきたそれはキョトンとした表情で訊《たず》ねてきた。

「いや君さ、人間に化けるつもりなら尻尾《しっぽ》くらい隠しなよ。鼻も目の周りもタヌキのまんまなんだけど……」

「はっ、すみません！　うまく化けたつもりだったのですが！　団子屋では平気だったのに……！」

慌てふためいたタヌキは着物の裾《すそ》を直し、恥ずかしそうにもじもじする。

そんなタヌキに目配せをした真は、人の少ない場所へ人力車ごと移動した。

「どうせ僕にはあやかしの姿が見えるんだし、わざわざ人間に化けなくてもいいんじゃないの？」

首にかけた鎌倖夫《しゃふ》の手拭《てぬぐ》いを額《ひたい》の汗に当てる。手拭《てぬぐ》いは乾きが速く軽いので、仕事中になくてはならないほど重宝していた。

「そうなのですか？　おつかいモノ様に近づくには、人間に化けたほうが警戒心を持たれずに事《こと》が運ぶと伺って、わたくしなりに頑張ったのですが……」

タヌキはがっくりと肩を落とす。

「まあ、確かにいきなり素の姿で来られたら、ちょっと引くかもね。とりあえず乗りなよ。どこまで行けばいいんだ？」

ありがとうございます、と頭を下げたタヌキは、いそいそと人力車に乗り込んだ。

「建長寺《けんちょうじ》までお願いします。奥の半僧坊《はんそうぼう》で、これを渡していただきたいのです」

そして、その手にあった、こちらもまたド派手な黄色地の風呂敷包みを見せる。

「誰に渡せばいいの？」

「行けばわかります。相手がおつかいモノ様にお声をかけるそうですので」

「あー……、そう」

面倒な相手ではないのを祈るばかりだ。

タヌキを乗せた人力車は、鎌倉街道を鎌倉方面へ向かった。緩い上り坂が建長寺まで続く。ここの歩道はひとりずつしか通れないくらいに狭いので、観光客たちは一列に並んでゆっくりと坂を上る。

道中、あちらこちらで花ひらく桜と柔らかな春の風が、訪れた人々を癒《いや》していた。

建長寺の駐車場は観光バスも入れるほど、広い。真はその端《はし》に人力車を停めた。

「では、わたくしはこれで」

人力車を降りたタヌキが、丁寧にお辞儀をする。その姿は人間どころか、すっかりタヌキに戻っていた。ただの着物を着たタヌキという、間抜けな格好だ。

「一緒に来るんじゃないのか？」

「おつかいモノ様。あなた、何もわかっていらっしゃいませんね？」

タヌキは困惑した表情を見せた。

「わたくしは妖怪ですよ？　逢魔《おうま》が時《とき》以外のお寺など入れません。しかもこちらは鎌倉五山第一位のお寺。力が強すぎて、いちタヌキのわたくしなど、いや、とてもとても……」

顔の前で何度も手を振る。

そうはいっても、「おつかいモノ」を頼んでくるのは力のあるあやかしと聞いている。見たところ、力がありそうではないが……。

鎌倉五山とは、鎌倉市に置かれた臨済宗《りんざいしゅう》の禅寺である、建長寺、円覚寺、寿福寺、浄智寺《じょうちじ》、浄妙寺《じょうみょうじ》のこと。中国の五山を参考にし、寺院に順位をつけたのだ。建長寺はその鎌倉五山、第一位の威厳ある寺だった。

「まぁ、天狗《てんぐ》ならば入れるでしょうがねぇ」

タヌキは顎《あご》に手を置いた。指先から、にょきっと爪が出ている。

「半僧坊には天狗《てんぐ》の像があるくらいだから、入れるだろうな。いや、それよりも不思議なんだが、僕の人力車にいちいち乗らなくたって、僕と出会って荷物を渡してそこで別れればよくないか？　あやかしに頼まれるたびに、いつも思ってたんだけどさ」

「何をおっしゃる、おつかいモノ様。ちゃーんと、その場所まであなた様についていかなければ、本当にお渡しいただけるのか信用なりませんからね」

今度は顔の前で指を立てた。芸が細かいタヌキだ。

「なるほど。僕らに信頼関係はゼロだもんね、そりゃそうだ。僕だってあやかしを信用していない」

さようです、さようです、おあいこでございます、とタヌキが大きくうなずく。

真は風吹のことも、全面的に信頼しているわけではない。祖父が与えた契約の上で成り立っている関係にすぎないのだ。

「あいつ、自分が忙しいときは僕を助けないって、はっきり言い放ったくらいだからな……」

風吹もまた、真と同じ思いでいるだろう。

「おつかいモノ様、何かおっしゃいました？」

「なんでもない。じゃあ行ってくるよ」

「お願いします」

風呂敷を預かった真は、立派な造りの総門から寺に入った。平日だが、ここも大勢の人がいる。

三門手前の参道に、アーチ状に桜が咲いていた。満開の桜の下を歩く真は感嘆のため息を漏らす。

「綺麗だな……。今が見頃だ」

「お前、こんなところで何してるんだい？」

突然、頭上から声をかけられて、ぎょっとする。そちらを向くと、着物姿の男が枝の上で真を見下ろしていた。

「へえ。俺の声が聞こえる俥夫《しゃふ》、ということは、噂《うわさ》のおつかいモノか？　可愛い顔をしているじゃないか」

ひらり、と彼が目の前に降り立つ。逃げる間もなく、真は行く手を阻《はば》まれた。

「黙ってないで、なんとか言ったらどうだ、え？」

口の端を上げたその男は、細身で背が高く、肌は透《す》けるように白い。

「俺があまりに美しいものだから、驚いて口もきけないか。……ふふ」

男の言葉は否定できなかった。

切れ長の目は瞳が大きく、形のよい唇に通った鼻筋。右耳の下でひとつに結わいた長い黒髪は、しなやかで艶《つや》がある。

誰が見てもイケメンと言うだろう。女性たちの目に留まれば、たちまち囲まれそうだ。だが誰ひとり気づいていない。あやかしで間違いない。

しかし、着物に違和感がある。朱色の地に桜柄の着物は丈《たけ》が合っておらず、男にはつんつるてんだ。袖《そで》も短い。どうやら、女物の着物を無理やり着ているようである。

「んん？　お前、誰かに似ているねぇ？」

不意に男が目を細めた。

「それになんだか気になる匂いがするな……」

男がクンクンと鼻を鳴らす。また、真の祖父の話だろうか。

あやかしに遭遇するたびに同じことを言われる。幼少期に一緒に過ごしただけでここまで匂うのだ。祖父の香りはあやかしたちにとってよほど印象的なものだったに違いない。

「届け物があるんだよ。邪魔しないでくれ」

周りに人がいるので、極力目立たないように小声を出し、真は男の横を通り過ぎた。

「俺が案内してやろう」

「結構です」

「奥の半僧坊か？」

三門の手前で男が訊《たず》ねてくる。

入り口には総門が、そして境内に三門がそびえていた。三門から仏殿、法堂はほぼ一直線に並ぶ。広大な寺域に建てられた木造のそれらは、いずれも大きく、荘厳《そうごん》だ。

建長五年、一二五三年に、北条時頼《ほうじょうときより》によって建てられた建長寺は、わが国最初の「禅寺」である。寺の名は当時の年号「建長」が由来だ。

この寺は、創建から再三にわたる地震や火災にみまわれ、再建を繰り返してきた。

現存する建物は江戸時代に移築、再建、復興されたものだ。また、平成に大庫裏《おおくり》、得月楼《とげつろう》、僧堂大徹堂《だいてつどう》が再興している。

　それはともかく、三門をくぐっても男はついてきた。逢魔《おうま》が時《とき》ではない鎌倉五山第一位の境内に出入りできるということは、タヌキよりずっと力のあるあやかしか……

「ひとりで行けるよ」

「まぁ、そう遠慮するな」

　男は真の首へ、自分の腕をぐいと絡めた。その口から吐き出された匂いに、真は思わず顔を背《そむ》ける。

「うっ、酒くっさ……」

「芳醇《ほうじゅん》な香りと言え」

　ふふふ、と笑った男は、離れたと思うと再びまとわりつき、周りをフラフラとおぼつかない足取りで歩く。そして、真が仏殿のご本尊や地蔵菩薩をお参りしたあとも、またついてきた。

　落ち着かないあやかしである。

　顔を上げると、離れた小高い山に桜が咲いているのが見えた。山桜だろうか。

　さらにきらびやかな唐門前を過ぎ、半僧坊へ向かう道に出る。

　建長寺最奥の半僧坊までは、ここからしばらく歩かなければならない。

いつの間にか男の気配がないことに気づいた真は、振り向く。すると、彼は離れたところで佇《たたず》み、こちらへ手を振っていた。

「案内するとか言って、なんなんだ」

真は不審に思いながら、歩みを進める。

道なりに五分ほど行くと、狛犬《こまいぬ》と桜が見えた。

「ああ、こっちも満開だ」

参道の両脇に植えられた桜の木々が見事な花を咲かせている。笑う花に見とれつつ、半僧坊へ続く参道を歩く。ここは人が少ない。

「あ、マコトー！」

桜の間から現れたのは小天狗《こてんぐ》だった。真はそばに人がいないことを確認し、声を潜《ひそ》める。

「こんなところでどうしたんだ？」

「遊んでたんだよ。マコトも一緒に遊ぼ？」

「いや、僕は仕事で来たんだよ」

「うん、だからオレにお届け物でしょ？　早くちょうだい」

小天狗《こてんぐ》が真の周りを飛びながら、うふふ、と微笑《ほほえ》んだ。

「あれ？」

「半僧坊にいるあやかしって、小天狗《こてんぐ》のことだったのか？」

「せいかーい。その包み、お団子なんだ。真も食べよう」

真の背中を押し、桜の下のベンチへ誘導した。

「小天狗《こてんぐ》がタヌキに頼んだのかよ。だから団子屋がどうのって言ってたのか。なんでそんな回りくどいことを……」

「だってマコト、ぜーんぜんオレと遊んでくれないじゃん。家だと勉強ばっかしてるし、オーテングと難しい話してるし、外に出たときは大学か、ランニングか、人力車のお仕事だし。だからタヌキと知恵を絞って、協力し合ったの」

うまくいったぁ、と悪びれなく笑った小天狗《こてんぐ》が、すとんとベンチに座る。仕方なく真もとなりに腰を下ろした。

ホーホケキョ、ホホホ、ホケキョと、うぐいすの鳴き声が、そこかしこから聞こえる。のどかな日和《ひより》だ。

「はい。マコトの分」

無邪気な笑顔で、黄色いあんがデコレーションされた団子を差し出され、真は怒る気をなくした。

「この団子、前に風吹が食べてたな。どうやって買ったんだ？　まさか……」

「ち、違うよ！　オーテングにもらったお金で、タヌキに買ってきてもらったんだ。

このお団子、前にオーテングに聞かされたときから、どうしても食べたくって」

慌てふためく小天狗《こてんぐ》から団子を受け取る。

「まぁいいや。ついでに、このあたりのことを教えてくれよ」

はちみつレモンのあんは爽《さわ》やかな甘さで、意外と団子に合う。香りもよい。桜の花びらが一枚、真の膝に降りた。

「マコトだって俥夫《しゃふ》なんだし、色々知ってるんでしょ？」

「そりゃ、マニュアルはひととおり覚えてるし、自分でも調べてるよ。でも、小天狗《こてんぐ》しか知らないことがあるだろ？」

「うーん、特にないけどなぁ……むぐむぐ」

口の横にあんをくっつけたまま、もぐもぐと口を動かしている小天狗《こてんぐ》の仕草は、人間の子どものように愛らしい。

「なら……そういえば、建長寺にはタヌキの伝説があったな。もしかしてさっきのタヌキはそれ？」

仏性《ぶっしょう》を得たタヌキが和尚《おしょう》に化け、建長寺三門の再建を勧進《かんじん》したという伝説があるのだ。

安永四年（一七七五年）の建長寺の三門再建に際し、その費用を捻出するため僧侶が諸国を勧進《かんじん》して、鐘や米を集めて再建資金にあてた。その折、建長寺のある谷奥に数百年も住みつき寺の残飯などをもらって生きていた古ダヌキで、永年にわたり読経や説教を聞いているうち、いつしか仏性《ぶっしょう》を得たものが、長い間、住まわせていただいたお礼に三門再建の役に立ちたいと発心し、万拙和尚《ばんせつおしょう》の姿に化けて勧進《かんじん》の旅に出たという話がある。

建長寺にはその他にも、梶原景時《かじわらかげとき》の亡霊にちなんだ梶原施餓鬼《せがき》や、悪人を処刑から救った斉田地蔵《さいだじぞう》、諸国を行脚《あんぎゃ》した北条時頼など、数多くの伝説が残されていた。

「そうかもしれないけど、オレは本人にそういうこと聞かないんで、知らない。ほら、親しき仲にもなんとかって、ええと……」

「礼儀ありね」

「そうそう、礼儀あり。んふふ、これ本当においしい」

真も「そうだな」とうなずいて、残りの団子を食べた。

「マコト。この後、お客さんの予約はないんだよね？」

「早番だから、このまま会社に戻って終わりだね」

腕時計を見て確認する。時間は三時だ。

「じゃー、ちょっとだけ一緒に天狗《てんぐ》の像を見に行こうよ」

「今から？」

「半僧坊でオレのこと教えてあげるからさ。……気になってるんでしょ？　前に、オーテングが言ってた話」

目を伏せた小天狗《こてんぐ》が、残りの団子を口に頬張る。

大天狗《おおてんぐ》――風吹は小天狗《こてんぐ》のことを「こいつは俺よりも長く生きている。見た目は子どもだが侮《あなど》れない。俺もこいつに騙《だま》された」と、真に忠告していた。

その不思議な話に興味がないといえば嘘になるが、根掘り葉掘り聞くことはしていない。

「天狗《てんぐ》像を見ながら教えてあげる。いこ、いこ！」

小天狗《こてんぐ》は団子の串を風呂敷に包み、真の腕を引っ張った。

本人が話したいというなら聞いてもいいだろう。あやかしがどういうものか、未だ真には謎だらけだ。今後の役に立つかもしれない。

真は鳥居の前で一礼し、小天狗《こてんぐ》と参道を進んだ。

遠くに人が見えるくらいで、そばには誰もいない。さらにその先の鳥居をくぐって、階段を上がっていく。階段にも桜の花びらが落ちていた。

階段の脇に沿って「半僧坊大権現《はんそうぼうだいごんげん》」と書かれた紅《あか》い幟《のぼり》が立てられている。階段は二百四十五段あると聞いていた。結構な数だ。

山の中腹まで来ると、大小、十二体の天狗《てんぐ》像が真たちを迎える。

「立派な像だ。別世界にいる気持ちになる……」

真は立ち止まって、転々と置かれた黒い天狗《てんぐ》の像をまじまじと見つめた。どれも険しい表情でこの地を守っている。小天狗《こてんぐ》も真のとなりで像を見上げた。

建長寺の最奥に位置する半僧坊大権現。ここは建長寺の鎮守府《ちんじゅふ》である。

「この像って、小天狗《こてんぐ》と風吹に何か関係あるの？」

「ぜーんぜんないよ。半蔵坊ができたのは百年くらい前でしょ？　この天狗《てんぐ》像は戦後のだからオレにとっては新品だよ。オレもオーテングも、それよりずーっと前から鎌倉にいる。オーテングは半僧坊ができたときには封印されてたしねー」

ずーっと前というのは、いつの話だ？

「だけど、歴史が古い建長寺には大きな力がある。半僧坊も建長寺の一部じゃん？その力を求めて、ここにもいろんな奴が来るんだよ。あやかしも、人間も」

「なるほどね」

「オレさぁ、昔、人魚の肉を食ったんだ」

唐突に小天狗《こてんぐ》が身の上を話し始めた。

「人魚の、肉？」

話の内容がガラリと変わったことに、真は戸惑《とまど》う。

「そう。人魚の肉は不老長寿っていう、死なない薬なんだって。おっとうが捕ってきたのを食べたんだ」

人魚の肉を食べた少女が不老不死となり、八百年生きた伝説なら知っていた。八百《やお》比丘尼《びくに》である。

「人魚なんて本当にいるんだ」

「あのねぇ、マコト。それを言うならオレとオーテングはどうなっちゃうの？」

「天狗《てんぐ》も鬼も妖狐《ようこ》も化けダヌキもいるなら、人魚もいるか」

そうだよーと、小天狗《こてんぐ》が真の足を突《つ》っついた。

「人魚の肉を食べてから、オレ、ぜんぜん大きくなれないんだ。おっとうと、おっかあは、人魚の肉を食べて死んじゃったみたい。人魚の肉って人によっては毒なんだって。ふたりのことはもう……あんまりおぼえてないんだけど――」

「待ってくれ」

そこで引っかかりを感じた真は、小天狗《こてんぐ》の話を遮《さえぎ》る。

「なに？」

真を見上げる小天狗《こてんぐ》は、大きな目を、さらに見ひらいた。

「小天狗《こてんぐ》って、人間だったのか？　最初から小天狗《こてんぐ》だったんじゃなくて？」

「そうだよ」

「人魚の肉を食べて小天狗《こてんぐ》になった……？」

ううん、と小天狗《こてんぐ》は静かに首を横に振った。

「オレ、ずーっとずーっと死ななくてさ。病気にもならないし、ケガをしても治っちゃう。食べなくても平気なんだ。人魚の肉ってすごいんだって、不老長寿になれたって、最初は喜んでた」

　力なく笑う小天狗《こてんぐ》を見て、真の悪いクセが出そうになる。

「だけど、おっとうもおっかあもいないし、友だちはすぐ大きくなって、大人になる。でもオレはそのままだから、みんなに気味悪がられて……、ひとつのところにいられなかった。だからオレも大人になるために旅へ出たんだ」

　真が知っている明るい小天狗《こてんぐ》からは想像もできない話だ。小天狗《こてんぐ》の悲しみが真の胸に広がっていく。

「……なんでわざわざ、旅に？」

「鎌倉には、オレが大人になる方法を知ってる人はいなかった。鎌倉の海で人魚を待ったときもあるんだよ？　人魚に聞けば何かわかるかと思って、ずっと――。でも人魚はいなかった。旅に出ても、誰も人魚のことなんて知らなかった。それどころか子どものオレの話を誰も相手にしてくれない。どうしようもなくて、とにかく西をめざした。オレ、京《きょう》まで行ったんだぜ？」

「それはすごいな」

「京でようやく、鞍馬山《くらまやま》に天狗《てんぐ》が出るって噂《うわさ》を聞いた。鞍馬山は鎌倉殿の弟君、義経《よしつね》殿が幼少時にいたところだ。鎌倉から来たオレは源氏《げんじ》つながりが嬉しくなって、鞍馬山に行ってみた。人魚は妖怪でしょ？　天狗《てんぐ》に聞けば、人魚のことがわかるかもって」

だけど、と小天狗《こてんぐ》が小さな唇を噛んだ。

「……鞍馬山に天狗《てんぐ》はいたけど『人魚のことは知らん』って言われた。でもオレがこれから天狗《てんぐ》として修行すれば、人魚について理解できるかもしれないって言われて、気づいたらこの姿で鎌倉に戻ってた」

「え……」

「ほら、天狗《てんぐ》ってさぁ、空飛べるじゃん？　迷子を捕まえて空飛んで、一瞬のうちに家に返してくれたって伝説もあるんだよ。そんな感じ」

「じゃあ今は修行中ってわけか。苦労してるんだな」

遊んでいるようにしか見えないのだが、そこはひとまず置いておく。

「ま、まーね。へへへ」

照れる小天狗《こてんぐ》は、大きな銀杏《いちょう》の周りをくるりと飛んだ。真は足元へ戻る小天狗《こてんぐ》へ続けて訊《たず》ねる。

「風吹も人間だったとか？」

「オーテングのことは、勝手に話すとげんこつが飛んでくるから言わない」

「ああ、そうだったね」

白玉団子入りのあんみつを食べた甘味処《かんみどころ》で、余計なことを言うなと風吹に叱《しか》られていた。

「でも、ひとつだけ教えてあげる。オーテングは今より、ずーっと強かったよ」

そう言ってぴょんと飛んだ小天狗《こてんぐ》は、空中で両腕と黒い羽を広げた。

「封印が解けたあと、いっぱい養生したらしいのに、全然もとに戻ってないんだ。今は前の半分くらいの力じゃないかなぁ。なんでだろう？」

「あれで半分……？」

「そう、半分」

あやかしに追われた真を助ける風吹は、風を巻き上げ、ひと蹴り入れるだけで、相手を吹っ飛ばしていた。相当な力を持つと思っていたのだが……

真は本殿下の階段を上っていく。

階段の両端の天狗《てんぐ》像は、間近で見ると大きく迫力がある。十体いる小天狗《こてんぐ》は、烏《からす》のようなくちばしがあった。手に大剣を携《たずさ》えた筋骨隆々《きんこつりゅうりゅう》の烏天狗《からすてんぐ》が一体、大きな団扇《うちわ》を持つ大天狗《おおてんぐ》が一体いる。大天狗《おおてんぐ》の反対の手にある巻物は、天狗《てんぐ》は教養を持つと言われる所以《ゆえん》だろう。

「なぁ、小天狗《こてんぐ》。あやかしの多くが、もとは人間だったと思っていい？」

階段を上りきった真は、少々息を切らせながら、小天狗《こてんぐ》に問う。

「どうなんだろう。オレみたいなのもいるし、思いが強すぎて怖いあやかしになっちゃったのもいる。古い物が妖怪になったり、野菜とか雨が妖怪になるときもあるしー、もとから妖怪な奴もいる」

「そうか。もっと研究しないとダメだな」

「ここは天狗《てんぐ》の像がたくさんあるから、仲間がいるみたいで、つい遊びに来ちゃうんだ」

真は正面の本殿でお参りした。振り向くと、高い場所から木々の合間に覗《のぞ》く麓《ふもと》の建長寺を眺めることができる。

本殿を過ぎてさらに奥は、佐助稲荷神社の先同様、ハイキングコースに続いている。

鎌倉は山が多いため、神社やお寺の裏から登って、ハイキングを楽しめる場所が多々あるのだ。

「マコト、桜の精に会った?」

真の前にある柵に小天狗《こてんぐ》が降り立つ。

「男の?」

景色から視線を外さず、真は問い返した。

「うん。男だけど、女の人みたいに綺麗な顔してたでしょ?」

先ほどのあいつの正体は、桜の精か……

「マコト、気をつけてね。吸い取られないように」

小天狗《こてんぐ》は飛びながら、真の喉《のど》を、小さな指でちょんと突《つ》っついた。

「吸い取るってなんだよ？」

「桜の精と一緒にお酒飲んじゃダメだよ？　じゃーねー」

そして天狗《てんぐ》像の周りを飛びながら、山を下りていく。

「え、おい、小天狗《こてんぐ》」

「大仏様のほうで遊んでくるー」

「あ、そう」

小天狗《こてんぐ》は気まぐれだ。子どもらしいというのか、あやかしらしいというのか。

「ま、たまにはこういうのもいいか」

彼の境遇を知らされた今は、とても叱《しか》る気になどなれない。

真は半僧坊の階段を下り、もと来た道を急ぐ。逢魔《おうま》が時《とき》に桜の精に会いたくない。

だが、三門を抜けて桜のアーチの下に入ったとたん、不意に現れた桜の精に道を塞《ふさ》がれた。

「『おつかいモノ』は済んだかい？」

「あんた、桜の精なんだってね」

閉門が迫っている時間だ。人はもう、ほとんどいない。

「そうだ。桜の花のように美しかろう？」

桜の精は自信たっぷりの表情で微笑《ほほえ》む。真は、小天狗《こてんぐ》の忠告を忘れてはいけないと気を引きしめた。

「申し訳ないけど、僕の桜の精のイメージは可愛い女の子だったから、ちょっと違うっていうか」

「いちいち癪《しゃく》に障《さわ》ることを言う人間だな」

「それはどうも、すいませんでした」

絡んできた桜の精を振り払うように、足を速める。

「いいから待てよ。俺の話を聞け」

「うっ」

桜の精の言葉と同時に足が止まる。足裏が参道に貼りついてしまったかのように、びくとも動かない。

迂闊《うかつ》だった。

ここは鎌倉五山第一位の建長寺。今は逢魔《おうま》が時《とき》ではない。そんな場所にいられるあやかしは、力の強いモノ。そう、気づいていたのに。

「俺はここで、ある女を三百年待っている」

桜の精がつぶやいた。

「……三百年？」

る……！」

「もう一度会いたい。会いたくてたまらんのだ。その思いが、俺をこの場に縛りつけ
彼は女物の着物を着た自分を両手で抱きしめ、身悶《みもだ》えている。長い間の苦しみなの
だろうが、真に言われても、どうすることもできない。

「人は、三百年も生きられないよ」

そう答えて、我に返った。

男の形相が怒りを湛《たた》えたものに豹変《ひょうへん》したからだ。

「お前、本当ーに可愛くないね。俺は頭に来たぞ」

口元に笑みを浮かべた男は、細い指で真を指さした。

「永遠にそこで立ち往生してろ」

ただならぬ気配を感じ取った真が、風吹を呼ぼうと口をひらく。瞬間――

「無駄だ。お前の声は誰にも聞こえない、届かない」

桜の精の細い指が、真の喉《のど》を上から下へ、つつっとなでた。とたん、違和感に襲われる。

「……ん？　んっんっ！」

くぐもった声しか出せない。体を動かすこともままならなかった。

男が真の頭を掴み、顔を上に向けさせる。そして手にしていた徳利《とっくり》を、無理やり真
の口に押し込んだ。

「これを飲め。うまいぞ?」

「んっ、んうっ!」

生ぬるい酒が、とめどなく喉《のど》の奥へ注ぎ込まれた。

「この酒がお前の体に回れば、夢うつつのうちにすべてが終わる。俺は優しいんだ」

桜の精は、くっと喉《のど》を鳴らして笑う。

甘ったるい酒の匂いが、めまいを起こさせる。真は崩れ落ちるように参道に倒れた。

小天狗《こてんぐ》はとっくにいない。今夜も、どこかのあやかしと遊ぶのか。だとしたら、この状況を風吹に伝えてもらえない。

いや、風吹は真の異変を感じ取るはずだ。気づいてくれ、どうか、風吹……!

「ほほう、これはいい酒の肴《さかな》ですな」

ずん、という地響きとともに、巨大な足が真の前に現れた。真を見下ろしているのは、三つ目のあやかしだ。巨木とも言える大きなガタイをしている。別のあやかしも真の周りにわらわらと集まってきた。

烏帽子《えぼし》を頭にのせたカエル、やかん頭の男、ひとつ目の毛むくじゃらな犬が煙管《きせる》を吸い、うわばみが大きな口を開けて、かかかと笑っている。他にも色々いるようだが、いつの間にか闇が広がっており、詳細がわからない。

「こんな上玉、滅多に食えんぞ?」

真のそばに立っていた桜の精が、奴らに言った。

「ですなぁ。して、何者ですか、この人間は？」

「こいつは『おつかいモノ』だ。お前たち、知ってるか？」

「『おつかいモノ』ですと？」

「噂《うわさ》を聞いたことはありまする」

場がざわつく。

「食いたければ、俺がこいつの精気を吸い取ったあとで、肉体をお前らにやる。ただし、双六《すごろく》で勝った者が食っていいことにしよう。一回戦じゃつまらんな。三回戦というじゃないか。一杯やりながら勝敗を決めよう」

桜の精の声かけに、うおおーっ、とあやかしたちが声を上げた。

「……っ」

くそっ、とか、勝手に盛り上がりやがって、などと言いたいのだが、しゃべることは叶わない。

体に力も入らず、真は倒れたままの体勢でいた。

桜の下にピンク色の提灯《ちょうちん》が連《つら》なっている。こんな場所で勝手に酒盛りなんかして、仏の罰が当たるぞ、と真は憤慨《ふんがい》した。

そんな真の心中など露知《つゆし》らず、あやかしたちは酒を飲み、やいのやいのと大騒ぎしている。真の他に人間はいない。物の怪《もののけ》の道に入ったときと同じく、違う時空へ連れていかれたのか。

「おいおい、このバカ面《づら》を見てみろ。目はうつろ、口から涎《よだれ》を垂らしておるぞ」

「アハハ、間抜けだなぁ」

「こんなんでおつかいなんぞできるのかねぇ？　ほれほれ」

カエルが真を足蹴にした。カエルの平べったい足裏に押されてもたいして痛くはなかったが、屈辱的《くつじょくてき》である。

「ワシが勝ったら、お前にこいつの足くらいはあげてもいいぞ」

笑うされこうべは、作務衣《さむえ》の襟元に浮いていた。体がないのなら無理に着なくてもよさそうなものなのに、あやかしなりのオシャレか。

「おお、本当か？」

「その代わり、ヤモリの黒焼きを持ってこい。あれはいい酒の肴《さかな》になる」

「面倒だが、人間をもらえるっていうなら捕ってくるか」

あやかしたちの声が少しずつ遠ざかっていく。まぶたが重い。

「この酒、うまいのう」

「そうだろう、そうだろう。たまにはたくさん飲め。そして賽子《さいころ》を振れ――」

行ってはいけない夢うつつの世界に、真は足を踏み入れていた。

◇

◆

暖かい、暖かい。

桜がほころび始めたぞ。さぁ、今年はどこへ参ろうか。

「やはり、ここだな」

建長寺の裏山は眺めがよい。遠くまで見渡せる。空気は柔らかく、淡い緑の色が好ましい。花の香りがそこかしこにあふれている。萌《も》え出《い》ずる春を謳歌《おうか》するには、時間がいくらあっても足りない。素晴らしい季節だ。

桜の精である俺は、桜の花が咲き始めると、あちこちの花を渡り歩く。建長寺裏の山桜を転々とし、今日は山を下りて建長寺を見学することにした。

数年前に移築されたという仏殿は、大きく、立派だ。

木の上に飛び乗って仏殿を眺めていると、春らしい着物姿の女が参道に現れた。

「おや、珍しい。女子《おなご》がひとりで、こんなところまで」

思わず出した俺の声に、女が立ち止まる。まさかと思ったが、女はきょろきょろしていた。

「お前、俺の声が聞こえるのかい？」

「えっ、えっ？」

「ここだ、ここだ。木の上だ」

女が俺を見上げた。俺と目が合った女は、くりっとした目をさらに大きくさせて驚いている。ここまで来るのにかなり歩いたのか、頬が上気していた。

俺は木から飛び下り、女の前に立つ。取って食おうと思ったわけでもないのになぜそうしたのか、自分でもわからない。

「まぁ……！　あなた様、妖術をお使いになられるの？」

意外なことに、女は逃げもせず、感心した様子でいる。

「妖術、というか、まぁそんなものだが……、あ、いや、俺は桜の精なのだ」

「桜の精ですって？　素敵！」

女は満面の笑みで、両手を合わせた。

「す、素敵って……、そうか？」

「ええ、とても美しいもの。桜の精と言われて納得しております」

「美しい？　俺が？」

「きらきらしていて、まるで物語に登場するお方のようです」

褒められるのは悪くない。女の笑みに釣られて、つい、顔がほころぶ。

「ほう、なるほど。そなたも可愛らしいな」

「そ、そんなこと……！」

心に思ったままを伝えると、女の顔がますます上気した。茹《ゆ》でた蛸《たこ》のようである。

「ところで、女子《おなご》ひとりでこんなところまで、何をしに来たのだ？」

「仏様のお力添えをいただきたく、参りました」

母が病《やまい》に倒れたという。俺は神ではないので、女の願いを叶えてやれないが、一緒に念仏を唱えることはできる。

それから俺は、女が訪れる時刻に合わせて、山の上から建長寺へ下りた。毎日女に会い、念仏を唱え、桜の下で話し……、女を恋しいと思うまでに時間はかからなかった。それは女も同じだった。

逢瀬《おうせ》を重ねていたある日、女が涙を流して、俺に別れを告げたのだ。

祝言が決まり、鎌倉を離れなくてはならないという。

「でも私は、必ずまたここへ戻ってまいります。桜の精様を、思い続けます」

「ああ、待っている。いつまでも、お前を待つ」

いつまでも、必ずまた会えることを信じて。お前を待ち続ける——

◇

◆

「わははは！　ワシが勝ったぞう！」

「してやられた！　俺があの人間を食いたかったのに！」

あやかしたちの騒ぎ声で、真は目が覚めた。

「イカさましただろうが」

「何を言う、俺は正々堂々とやったのだ！　四の五の言うな！」

今の夢は桜の精の思い出か……

可愛らしい女性を信じ、この場所でずっと待っていた桜の精を、真は哀れに思った。

「お前、意識があるのか？」

真の前にしゃがんだ桜の精が訊《たず》ねる。

「たいしたもんだな。この酒を飲んで目を覚ました人間は、お前が初めてだぞ」

真の意識は段々とはっきりしてきた。喉《のど》を押しつぶされている感覚もない。

「だが、お前を食う奴が決まったようだ。言い残したいことはあるか？　言えるわけがないか。俺の術で声を失ったんだから。これから俺が、お前の精気を――」

「夢の、女性、を」

かすれ声だが、どうにか出すことができた。

「……なぜ声を出せる？」

訝《いぶか》しむ桜の精に、真は顔を向ける。

「お前が待っている女性を、僕が、調べられるかも、しれない……」

「もしやお前、夢であの女を見たのか？」

桜の精の問いかけに、真はこくりとうなずいた。体も動かせそうだ。

「酒も効かない、俺の術も効かない。本物の『おつかいモノ』で間違いはなさそうだな」

「知りたくないの、か」

「知りたいさ。女を捜《さが》してくれるのか？」

やっと話に乗ってきた。この機を逃《のが》せば、真の精気はたちまち奪われてしまうだろう。

「……条件つきで」

「ほう、面白い。その条件とやらを聞いてやる」

「なぜお前も、他のあやかしも、『おつかいモノ』の存在を、知ってるんだ……。誰から聞いた？　あやかしのネットワーク……情報網があるのか？　噂《うわさ》の出所を僕は知りたい」

力の強いあやかしなら、「おつかいモノ」について詳しく知っている可能性が高い。祖父と取引をし、真におつかいモノを命じたあやかしについて、何かわかるかもしれない。

「僕にそれを教えてくれたら、お前に協力する」

真を冷たく見下ろしていた瞳の色が、少し変わった。

「ふん、いいだろう。教えてやる。立て」

真がふらつきながら立ち上がると、あたりに違和感を覚えた。

「昼間に戻ってる……？　僕は、ひと晩眠ってしまったのか？」

大騒ぎしていたあやかしたちも、いない。

「いや、お前が寝たのは一瞬だ。俺の妖力はたいしたものだろう、尊敬しろ」

「真！」

そのとき、場の空気を一変させる声が響いた。風吹だ。

境内に駆け込んできて真の前に立ち、桜の精をねめつける。そんな風吹に向かって、桜の精が苦笑した。

「ほう、これはこれは、大天狗《おおてんぐ》殿ではないか。久しぶりだな。何百年ぶりだ？」

「俺は風吹だ」

眉をひそめた風吹が即答する。

「いいや、違うね。これは大天狗《おおてんぐ》の匂いだ。しかしまぁ、いつ出てこられたんだろうね、この愚か者は」

「……愚か者だと？」

「ほうら、やっぱり大天狗《おおてんぐ》だ」

はははは、と楽しそうに笑った桜の精の黒髪が風になびいた。夕暮れが始まろうとしている。

「そういう馬鹿正直なところが、大天狗《おおてんぐ》だと言うんだ。変わらないねお前は、本当に」

「うるさい」

「なかなか俥夫《しゃふ》の姿も似合っているじゃないか。人間に化けて、『おつかいモノ』の用心棒をしているとはな。かつての大天狗《おおてんぐ》様も落ちたもんだ、くくく」

「真を取って食おうってんじゃないだろうな」

「あやかしどもに食わせてやろうと思ったんだが、気が変わった。おい、真」

桜の精が風吹の後ろにいる真を呼ぶ。

「……何？」

「『おつかいモノ』として、お前に頼む。これを」

差し出されたのは細く美しい、かんざしだ。

「女が髪に挿《さ》していたものだ。揃いの櫛《くし》を女が持っている。その女がどこにいるか、調べてくれ」

「僕が出した条件は？」

「お前が先に俺の言うことを聞け」

それでは話が違う。真は眉間《みけん》に思いきり皺《しわ》を寄せた。

「そう、怖い顔をするな。お前を『おつかいモノ』として信用し、俺の大切なものを預けたのだから。頼んだぞ」

「女性の名前とか、どのへんに住んでいたとか、教えてく――うわっ」

突如、桜吹雪が舞い上がり、真の視界を遮《さえぎ》る。

「えっ、ちょっと！　……は？」

まぶたを上げたときにはもう、桜の精の姿はなかった。

「消えたな」

風吹がつぶやいたとたん、ぽつぽつといる観光客が目に入る。これですっかりもとの世界に戻ったというわけか。

「あいつ、本当に僕に捜《さが》してほしいのかよ。かんざしだけのヒントじゃ、何もわからない」

「お前の力を試しているんだろう」

「おつかいモノ、イコール名探偵ってわけじゃないんだから、勘弁してよ」

酒のせいで、まだ体がだるい。真は風吹とともに建長寺入り口の総門へ足を向けた。

「それにしても、僕が呼んでるとよくわかったね。いつもだけど」

「お前の気配が一瞬消えた。本当に、一瞬だ。ちょうど俺の客を降ろしたところだったんだ。あと少し早かったら、俺はここには来なかった」

「客が優先だもんな」

「俺のポリシーだから仕方がない。俺が来られないときは自分でなんとかしろ。もっと筋トレに励め」

「別に責めてるわけじゃないよ。お客さんを置いてくなんてことがあったら、会社がつぶれるし、風吹が正しい。ただ、筋トレでどうにかなるんだったら、毎日ジムに通うって」

いいからやっておけ、と風吹に肩を叩《たた》かれる。

「ていうかさ、何も俥夫《しゃふ》にならなくても、大天狗《おおてんぐ》の姿のままで僕を守ったほうがラクだったんじゃない？」

「四六時中くっついていられるか。俺だって現世を楽しみたいんだ。他のあやかしどもに大天狗《おおてんぐ》の姿でうろうろしているのを見られたくないしな」

「風吹は、このあたりの妖怪みんなと知り合いなのか？」

「俺を知らん奴はいないだろう」

「お姫様と恋に落ちて罪を犯したから、有名人ってわけ――」

真が言い終える前に、風吹が立ち止まった。真を見下ろす目が吊り上がっている。

「俺が大天狗《おおてんぐ》だからだ！　大天狗《おおてんぐ》を知らん妖怪は、ニワカ妖怪にすぎん！」

ニワカ妖怪ってどんな妖怪だよ、と真は心の中でツッコみ、話を変えた。

「あいつ、すごい酒臭かったんだけど、いつもああやって飲んでんの？」

「寝ても覚めても飲んでる」

「うわぁ……、あやかしといえども引くわ」

「その昔は、あれほど大酒飲みではなかった気がするが……」

風吹は一瞬首をひねったものの、真に視線を戻した。

「用心せねばならんのは、あいつが人の精気を奪って存在していることだ。あいつの酒を飲めば、ひとたまりもないぞ」

小天狗《こてんぐ》が気をつけてと言っていた理由だ。

「飲んだよ」

「……本当か？」

風吹が声を尖らせた。お前はやはり普通ではないと言われているようで、居心地が悪い。

「本当だよ。今まであの酒を飲んで死なない人間は、いなかったみたいだね」

「お前の力がそこまでとは信じがたいが……。とにかく、あいつが現れるのは桜の季節だけだ。それ以外は用心せんでもいい」

「昼間に境内にいられるのは、それだけ力が強いあやかしってことで、間違いないか？」

「そのへんの雑魚《ざこ》に比べたらあいつは強いだろう。俺には及ばんがな」

小天狗《こてんぐ》の話によると、今の風吹は昔より半分も力がないのではないか。

「風吹、お前さ……」

「なんだ？」

「いや、なんでもない」

必要ならば風吹が自ら話している。先ほどの小天狗《こてんぐ》のように。

真は風吹とともに閉門間近の総門から、建長寺を出た。


「――おかえり、真」

「ただいま」

廊下で出くわした母と挨拶《あいさつ》を交わす。エプロン姿の母は、生姜焼《しょうがや》き定食をのせたお盆を持っていた。

「夕飯、また生姜焼《しょうがや》きなんだけど、本当にいいの？　真も同じで大丈夫？」

申し訳なさそうに母が問う。

風吹のリクエストどおり、彼女は週三回、生姜焼《しょうがや》き定食を作っていた。母は優しいのだ。

「ああ、うん。そうしてくれって言われてるから、大丈夫だよ。ありがとう」

「じゃあ、お部屋に持っていくわね」

「僕もおじいちゃんの部屋で食べる。自分のは持ってくよ」

このあと、桜の精について対策を練りたい。

「お母さんも神様に会ってみたいなぁ。俥夫《しゃふ》の姿、とても素敵なんでしょう?」

「そのうち会わせるよ」

「お願いね」

母は笑って、祖父の部屋へ向かった。

「だってさ。いい加減に会えよ、神様」

大天狗《おおてんぐ》の姿で縮こまっている風吹を、肘でこづく。

「……恥ずかしい」

「キモ」

「おい、今の俺にはわかるぞ。キモは肝ではなく、気持ち悪いってことだろ?」

「当たり。恥ずかしい～って、女子高生かよ、お前は」

「俺は立派な男神だろう」

「神様でもない、妖怪です」

真と大天狗《おおてんぐ》は洗面所で手を洗い、祖父の部屋で夕食をともにした。

「――ここが最後か」

真は資料館の前でスマホを確認する。

昨夜、桜の精の「おつかいモノ」について風吹と対策を練ったのだが、風吹に訊《たず》ねても桜の精が大酒飲みと知っているだけで、女性については何ひとつわからなかった。

そのためとりあえず、預かったかんざしを調べることにしたのだ。

大学とバイトが休みなのを幸いに、美術館や資料館を当たったのだが――

「ここで七軒目だ。さすがに疲れた……」

なんの手がかりも掴めない。朝一に回り始めて昼飯は抜きにしたが、すでに午後二時である。三百年も前の、どこの誰かもわからない女性を、かんざし一本頼りに捜《さが》すのは無謀だったか。

ここが最後だ。小さな資料館だが、内容は充実していた。人は少なく、じっくり見て回ることができる。

順を追い進むと、江戸時代の庶民の持ち物が並ぶ場所が現れた。

「あれ……？」

ガラスの向こうに、真が預かったかんざしに似たものがある。

しかし、そのかんざしは櫛《くし》と対《つい》で展示されていた。つまり櫛《くし》は預かったかんざしの片割れではない。それにしても、形がよく似ている。

時代は江戸中期。桜の精の話とも一致する。

真は受付でかんざしの詳細を訊《たず》ね、館長に話を聞けることになった。

「ええ、確かに展示されているものとよく似ていますね。あまり見ない特徴的な形をしているので、もしかすると持ち主が同じかもしれません」

白髪《しらが》交じりの男性館長は、老眼鏡をかけたり外したりして、かんざしを熱心に見つめる。

「あの、展示されたかんざしの持ち主の方は、どちらにいらっしゃるかわかりますか？」

「いえ、それが……」

館長は申し訳なさそうに首を横に振り、真にかんざしを返した。親切な館長は資料を手に真に説明してくれたのだが、櫛《くし》の裏に彫られた「相良《さがら》」という情報しか得られなかった。

かんざしと櫛《くし》を売りに出したのか、盗まれたのか、誰かにあげてしまったのか……。巡り巡って、戦後、資料館に預けられたという記録だけが残っている。

「お役に立てないようで申し訳ない」

「いえ、そんなことはありません。こちらこそお手数をおかけして申し訳ありませんでした。ありがとうございました」

真は鎌倉車夫《しゃふ》の名刺を差し出す。ここへ客を案内したい旨を伝えると、館長は喜んで承諾してくれた。

若宮大路《わかみやおおじ》まで行き、満開の桜の下で、真はかんざしを見つめる。

「櫛《くし》だったら、裏に名前が彫られてたかもしれないのに」

かんざしの飾りは、花の文様が彫られているだけである。

「こんなわずかなヒントで、わかるわけがないっての」

真はかんざしを手拭《てぬぐ》いで包み、ジャケットの内ポケットへ入れた。

桜の下、鶴岡八幡宮へ向かって歩く。明日からバイトがみっちり入っている。今はつかの間の休息だ。だからこそ、今日中になんとかしたい。

「……あいつ、桜が散ったらいなくなるんだよな」

鎌倉街道に出た真は桜の精に会いに、建長寺へ急いだ。


「――おつかいモノ様、おつかいモノ様」

建長寺手前に差しかかったところで、真は路地から呼び止められた。

「おつかいモノ」と呼ぶのは、あやかししかいない。周りを確認して、そっと路地へ入る。

茂みからこちらに手招きをするモノがいた。その手はこげ茶色の毛が生えている。

「……あのときのタヌキ？」

真が近づくと、茂みからぼすっと、タヌキが顔を出した。

「さようでございます。お団子、美味《おい》しかったでございましょう？」

「すごく旨《うま》かったけどさ、僕、仕事中だったんだよ。小天狗《こてんぐ》がわがまま言ったんだろうが、ああいうのはやめてもらえない？」

タヌキのそばでしゃがみ、小声で訴える。狭い道なので誰も来ないのはありがたい。

「それは申し訳ございませんでした。ところであの日、桜の精様にお会いになりましたよね？」

「ああ、会ったよ。頼まれごとをして困ってる。タヌキはあいつのこと詳しく知ってる？」

「知ってるも何も、これ、ここに」

タヌキの示した場所に男が現れる。地面に寝転がっていた男は、ごろりと仰向《あお》けになった。

「桜の精！」

「おう、真か。どうだ、その後は？　うん？」

顔だけこちらを向いた桜の精は、瞳をうるませ、頬が紅《あか》く染まっている。誰もが振り向きそうな状態に出来上がった色男だが、真は一切興味がないので、ただ小さく舌打ちするだけだった。

「ぐでんぐでんじゃないか。お前、建長寺から出られないって言ってたのに、こんなところで何やってんだよ」

「出たくはなかったが、真に預けたかんざしが心配でな……」

乱れた髪をくしゃくしゃと触りながら、桜の精は、はぁ、と大きくため息をつく。酒のにおいがぷんぷんする。ひどい有様だ。

「建長寺総門の出口で、居ても立ってもいられないとわたくしにおっしゃるので、おつかいモノ様のもとへご案内しようかと思ったのです。しかし、本日は小天狗《こてんぐ》様が見つからず、難儀しておりました」

タヌキが酒臭さに鼻をつまみながら言った。

「おい、真。俺をおぶって建長寺まで戻れ」

「無理に決まってんだろ。飛んで帰ればいいじゃん」

痩《や》せ気味の桜の精ではあるが、真の身長を優に超えているのだ。そんな男を担《かつ》げるわけがない。

「飲みすぎて、飛ぶのは危険なのだ。いいから、さっさとおぶれ」

「酔いが醒《さ》めるまでここにいろよ。どうせ誰にも見えないいんだ」

「俺がいぬ間に、女が来たら困る！」

人間が三百年も生きられないのはわかっているだろうに、たいした執着である。

「めんどくさいなぁ」

呆れ声を出した真だが、何かが心に引っかかった。

「おつかいモノ様、お願いいたします。わたくしはこのとおり、しがないタヌキでございますゆえ、おぶることはできず……」

タヌキの懇願する瞳に押され、真は渋々うなずく。とたん、タヌキがさっと身をひるがえし、「では桜の精様を、どうぞよろしく」と、茂みに入ってしまった。

「ちょっと……！」

どうもタヌキにいいように使われている気がしてならない。

「あいつ、手伝ってくれるんじゃないのかよ。……おい、桜の精。起きてよ」

「うーん……」

ほら、としゃがんで背中を見せ、桜の精を乗せたものの、足元がふらついてしまう。

「うっ、重っ！」

「なんだ、ヤワな小僧だな」

「人力車だったらラクに運べたのに……くっ」

どうにかおぶって、真はよろよろと前に進む。

ひとりでしゃべりつつ、おかしな体勢で歩くのは怪しいが、どうすることもできない。

「人力車など、あんな恐ろしげな乗りもの、誰が乗るか」

「あやかしってわがままだよな。風吹といい、小天狗《こてんぐ》といい。人をなんだと思ってるんだ」

先ほど胸に引っかかったのは、なぜ、という疑問だ。

まれにあやかしの存在に気づく人間がいる。真や彦蔵は特殊なので省《はぶ》くが、白狐《しろぎつね》のふさと交流した子どもの頃の中路や、桜の精と思いを通じ合った女性の存在は不思議だ。

何か法則があるのだろうか。それとも、真が思う以上にあやかしは、人間にとって近い存在なのか。

考えを巡らせたいのに、桜の精の重さと酒臭さが真の思考を鈍らせる。

「あー、酒臭い……、臭い臭い、あーヤダ、あー重い」

「お前は飲まんのか？」

「あんまり好きじゃない。そもそも二十歳《はたち》になったばかりで、ほとんど飲んだことないし」

「二十歳《はたち》がどうした？」

「今は二十歳にならないと大人と認められないんだよ。それまでは酒もタバコもダメ」

「なんと、お前たちは二十歳まで元服しないのか！」

「元服て」

今日は日差しが強く、四月下旬並みの暖かさだという。真の額《ひたい》に汗の玉ができ始めた。

「俺はあんなに清らかな女を、見たことがなかったのだ」

「急に人の背中でノロケかよ」

「いいから聞け。建長寺の境内で、お互い尽きることなく話をした。楽しかった」

「僕の夢の中でも楽しそうだったよ」

そうだろう、と桜の精が嬉しそうに相槌《あいづち》を打つ。

「女は、俺に相応《ふさわ》しい名を、いつか持ってくると言っていた」

「名前を、持ってくる?」

疲れた真は、いったん立ち止まった。後ろから歩いてくる観光客らが真を追い抜いていく。

「女性の名前はなんていうんだ」

「……千代《ちよ》。酒舗《しゅほ》の娘だった」

「しゅほって何?」

「酒を売る店だ」

「ということは、千代さんもお酒が好きだったとか?」

「たいして飲めないが、好きだと言っていた。酒の知識も豊富だった。いつか酒造をしてみたい、その酒を俺に飲ませたいと、熱心に話を聞かせてくれたんだ」

真は再び桜の精を背中におぶったまま、歩き出す。

いつもの倍以上の時間をかけて建長寺にたどり着いた。桜の精の重みで拝観料を払うのに手間取ったが、どうにか桜のアーチの下まで運ぶ。

「着いたぞ」

　息を切らしながら告げると、桜の精はだるそうに返事をした。

「三門の下まで連れていってくれ。休みたい」

「休みたいのはこっちだよ」

「悪いな、真。頼む」

　急にしおらしくなられては拒否できない。

　真は三門の下の椅子《いす》へ桜の精を座らせ、自分も腰を下ろした。見上げると、高さのある重厚な木造建築に圧倒される。

　ここから見る桜も格別だ。

「今は艶《あで》やかなソメイヨシノが主流だが、昔は山桜が咲いていたのだ。俺はあちこちの山桜に住んでいた。千代に会う数年前から、建長寺裏山の山桜を好んだ。千代を見つけた俺は、あいつに酒を飲ませて精気を奪おうと思う間もなく、千代に夢中になってしまった」

　桜の精は舞い飛んでいる花びらを目で追った。

「俺は建長寺から出られない。俺がいない間に、女が来てしまったら困る」

「それでも僕を捜《さが》しに来たってことは、よっぽどかんざしが心配だったんだね」

「情けないが、そうだ。あいつと俺をつなぐ大切なものだ。この、着物も」

袖《そで》や丈《たけ》がまるで合っていない着物を、愛《いと》おしげにさすっている。

「それ、女物だよな。千代さんの着物？」

「ああ。春の宵《よい》は寒いだろうと言って、薄着の俺に持ってきてくれた。この着物を掛けて寝ろと。優しい女なのだ。毎日、毎日、夕刻まで千代と言葉を交わした」

初めて見る、桜の精の柔らかな表情だ。

「千代とかかわったのは、わずか七日の出来事だった。たったそれだけなのに、忘れられない。会えなくなってから俺は自分の着物を捨て、これを着ている。すぐに俺だとわかってもらえるように」

彼は優しく優しく、自分を抱きしめるように着物をさすり続けている。いや、抱きしめているのは、思い出の中の千代か。

「福山《ふくさん》は揮《すべ》て松関《しょうかん》を掩《と》じず、無限の清風《せいふう》来たりて未だ已《や》まず」

ふと、桜の精が真面目な声で言った。

「それ、建長寺を開山した禅師が好きだった言葉だろ？　あらゆる人々に建長寺はいつでも門戸を開けている。来る者は拒まず、去る者は追わず、だっけ」

「ああ。俺の好きな言葉でもある。……好きだった、言葉だ」

桜の精の切ない声に、真の胸が苦しくなる。

「俺はこの三門を抜けても、執着心から解き放たれることはない」

本当は、今後は飲みすぎて迷惑をかけるなとか、千代の情報が少なすぎると、ここで文句を言うつもりだったのだ。

だが、口を噤《つぐ》んだ桜の精の横顔を見ていると、真はそれ以上何も言えなくなってしまった。


真は俥夫《しゃふ》の仕事の合間を縫って、古い酒店で聞き込みをしてみた。

どこもこれといった手がかりは出てこない。酒造店にも聞いたが、こちらも同じだった。

資料館で出会った「相良家」に通じる情報も得られない。

鎌倉の桜は散り始めていた。

「三百年も前に女が酒造をしたいと言ったって、その後、家自体がどうなったかわからんしな。酒に関係あるとは限らない」

ラミネート加工した鎌俥夫《しゃふ》のチラシを掲《かか》げて、風吹が言う。今日は長谷《はせ》駅周辺を案内するため、ふたりで予約客を待っているのだ。

「このままだと僕、あいつに精気を奪われて死ぬ羽目になるかも」

そもそも命を奪われないために、千代を捜《さが》すと言ったのが始まりだ。

「そのときはそのときだ。覚悟しとけ」

「俺は真を守るとか言っておいて、本当に薄情だよな」

「お前が勝手に桜の精と約束を交わしたのだろう。そこまでは面倒見れん！」

俥夫《しゃふ》姿の風吹が語気を強めて言った。恐ろしい形相で真を指さしている。

「確かにそうだけどさ。対《つい》の櫛《くし》なんか出てこないし、これ完全に詰んだよな。あ、いらっしゃいませ！」

ご予約の方ですか？　と、ふたりは笑顔で対応する。

先に風吹が客を連れていき、次は真の番だ。若い男女のカップルを案内する。

長谷周辺はオシャレなカフェやスイーツの店、雑貨店などが急増しており、若者の観光客が増えているのだ。

桜が見頃の長谷寺や、高徳院《こうとくいん》の大仏、坂の下の路地を巡った。ラストは客のリクエスト、老舗《しにせ》の食材店である。

「では、ごゆっくりお楽しみください。ここで待っていますので」

「行ってきまーす」

人力車を停めて客の買い物を待つ。あとは長谷駅まで送れば終了である。

真は空を見上げた。トンビが一羽、円を描いて飛んでいる。桜の盛りは残り一日か、二日だろう。

夢で見た桜の精を思い出す。

こんなふうにのんびりした春の陽気の中、千代と出会っていた。そういえばあの頃の桜の精は、今ほど酒を飲んでいない様子だった。風吹もそう言っていたし、いつからあんなに飲むようになったのか――

「――お待たせしました、すみませーん」

考えごとの途中で客が両手に荷物を携《たずさ》え、戻ってきた。ふたりとも満足げに笑っている。

「いいもの買えたみたいですね」

「ええ。珍しい調味料がたくさんで迷っちゃいました。飲んでみたかったお酒も手に入ったんです」

男性のほうが嬉しそうに答える。

「お酒ですか、いいですねぇ」

「せっかく鎌倉に来たので『夕桜』にしたんですよ」

「ゆうざくら……?」

桜という言葉が気になった。

「ネットで見かけたんです。鎌倉でしか売ってないんですよね」

「それ、見せていただいてもいいですか？　僕、お酒はあまり知らなくて」

「もちろん、どうぞ」

客が袋から取り出した酒は「夕桜」の銘柄が入っている。

「ありがとうございます。僕も買って飲んでみますね」

真はにこやかに笑って、酒を返した。


「――製造元は『米山《よねやま》』か。『相良』姓じゃない。資料館のかんざしは関係なかった。造っている酒蔵は横浜なのに『夕桜』は鎌倉でしか取り扱っていない……」

スマホで調べた米山のホームページに、夕桜の酒についての詳細はあるが、名前の由来はない。酒造に併設された酒店の営業は午後九時までとあった。

「仕事の後、ぎりぎりで間に合いそうだな」

真はその場で酒造元へ連絡を入れる。酒店は急なことにもかかわらず、真が行くことを快諾してくれた。「鎌倖夫《しゃふ》」の名で訊《たず》ねたのが功を奏したのかもしれない。

仕事を終えた真は風吹と一緒に鎌倉駅から横須賀《よこすか》線に乗り、横浜駅で降りた。そこから大学とは反対方面へタクシーで向かう。

到着したのは、大きな日本家屋と酒造場所が連《つら》なる「米山酒造」だ。

「タクシーも速いが、横須賀《よこすか》線というのはすごいものだな！」

風吹が興奮気味に言う。彼はあまりスピードを出さない江ノ電にしか乗ったことがなかったのだ。

「わかったから、もう少し声落とせよ」

「すまん。つい、はしゃいでしまった」

帰りも乗るんだよな？　とワクワクしている風吹を尻目に、真は明かりのついているる酒店に行き、ガラスの引き戸を開けた。声をかける前に、奥から人のよさそうな男性が現れる。

「はい、いらっしゃい」

「すみません。昼間お電話した『鎌俥夫《しゃふ》』の志木と申します。店長さんは……」

「私です。お待ちしていました」

「急に申し訳ありません。よろしくお願いします」

頭を下げた真に、店主が笑みを見せる。

「俥夫《しゃふ》の格好を見たかったなぁ。残念だ」

「えっ、あ、着てくればよかったですね」

「はは、冗談ですよ。さ、こちらへどうぞ。そちらの方も座ってください」

差し出された丸椅子に、真と風吹は座った。

酒造は見学ができるらしく、帰りにこの酒店でお土産《みやげ》を買っていくらしい。すっきりした店内には、たくさんの酒が並んでいた。

「さて、どんな御用でしたでしょうか」

店主も真のそばに丸椅子を置いて座った。

「このかんざしの持ち主について調べているんです。江戸時代中期のものなんですが、対《つい》の櫛《くし》があるらしくて。ご存じないでしょうか」

「江戸中期、ですか。うちも江戸から続く家ですが、ちょっとわからないなぁ……」

かんざしを受け取った店主が、首をひねる。

「持ち主は酒舗《しゅほ》の娘さんだったようです。桜にゆかりのある方なので、こちらの銘柄『夕桜』が気になり、伺いました」

「なるほど」

「鎌倉の資料館で似たかんざしを見つけましたが、持ち主の『相良』という名前しかわからず、困っています。こちらはずっと米山さん、ですよね？」

「私は十二代目になりますが、その間ずっと、米山だったはずです」

「……そうですか。見当違いのことで遅い時間に伺ってしまい、すみません」

桜が関連しているかと思ったが、そう簡単に見つかるわけがないのだ。

がっかりする真へかんざしを差し出した店主は、いや、と眉根を寄せた。

「ちょっと待ってください。言い伝え程度でよければ、お話しできることがあるかもしれない。お時間大丈夫ですか？」

椅子から立ち上がった真が深々とお辞儀をすると、店主は急いだ様子で奥へ入っていった。

「もちろんです！　お願いします」

「どうなるかな」

様子を見守っていた風吹が、ぼそりとつぶやく。

「なんでもいい。千代さんに少しでもつながってくれれば」

「お前の命もかかってるしな」

「それもあるけどさ、桜の精の気持ちを汲《く》んでやりたくなったんだよ」

「ほう……？」

夢で見た千代は幸せそうだった。彼女と一緒だった桜の精もまた、幸せな顔をしていたのだろう。ほんの少しでも千代の片鱗《へんりん》がどこかに残されていたのなら、桜の精は幸福な笑顔を取り戻し、執着から解き放たれるのではないだろうか。

そう悶々《もんもん》と考えている真のもとへ、店主が戻ってきた。分厚い帳面を手にしている。

「米山家のもとの資料は別に保存してあるんですが、こちらは読みやすいように何度か書き直しているものです。近年では戦後に直していて、確か……」

分厚いそれをパラパラとめくっていた店主が、ハタと手を止めた。

「あった、相良家だ……！」

「えっ」

真と風吹が同時に身を乗り出す。

「何？」

「聞いた覚えがあったんですよ。ほら、ここです」

ふたりは店主が指さした場所に目を落とした。そこには「米山家と相良家。古《いにしえ》の約束事也《なり》……」と、長い文章が続いている。

「あの、米山家と相良家はどういうご関係が？」

「米山家と親交のあるライバル店が相良家だったようです。その昔、お互い、いつか酒造をしたいという話が出ていたようで。子孫に酒造の大切さを伝えるための作り話かと思っていたのですが、もしかすると、ここに書かれている相良家の長女が、捜《さが》されている酒舗《しゅほ》の娘さんかもしれません」

店主は、真と風吹に自分が聞かされていた話を丁寧に説明してくれた。真は千代のことだと確信を持つ。二時間近く話を聞いた後、真はお土産《みやげ》に地ビールを買わせてもらい、店を出た。

今宵《こよい》は朧月夜《おぼろづきよ》だ。米山家の門扉《もんぴ》近くの木々が風にざわめいた。家の前で、呼び出してもらったタクシーを待つ。

「資料館のは使われなかった嫁入り道具かも、か。言いづらいな、千代さんのこと」

店主に聞いた千代の真実は悲しいものだった。桜の精に上手《うま》く伝えられるだろうか。

「そこだけ隠せばいいじゃないか」

「いや、正直に話すよ」

暗闇の向こうから、ヘッドライトが現れた。

「僕に依頼したってことは、あいつなりに覚悟を決めて、千代さんの行方を知ろうとしたんだろうし」

「来たぞ、タクシー」

「ああ」

真は昼間、長谷で購入した「夕桜」を顔の前に掲《かか》げた。外灯に照らされた酒が、ほんのりピンク色に浮かび上がる。

「それに、僕があいつだったら、本当のことを知りたいと思うから」

風吹は聞こえなかったのか、真の言葉に返事をすることもなく、迎えに来たタクシーに乗り込んだ。

米山家を訪れた三日後。早番の日を狙い、真は閉門前の建長寺を訪れた。会社に人力車を置き、俥夫《しゃふ》姿のまま急いだのだ。

桜はいよいよ見頃を終えようとしている。「花七日《はななぬか》」という言葉があるほどに、桜の花の命は短い。空は花曇《ぐも》りだ。

「どうだった、真」

真はひとり、桜の精と対峙した。

風吹とは彼の仕事が終わったあと、建長寺前で落ち合うことになっている。今日はひとりでケリをつけなければならない。

「対《つい》の櫛《くし》は見つからなかった。でも千代さんのことは、わかったよ」

「そうか」

境内、桜、三門、すべてはそのままだが、人の気配がなくなる。また、彼の世界に引きずり込まれているのだろう。

真はひとつ息を吸い込み、静かに吐いた。言いにくい事実を、まず伝えなければならない。

「千代さんは相良という家の長女だった。縁談を断れなかった千代さんは、祝言の前日、自ら命を絶ったそうだ」

真の言葉に、桜の精が目を見ひらいた。しかしそれは一瞬で、彼は真から目を逸《そ》らさずに言う。

「……続けてくれ」

「千代さんが亡くなったあと、相良家は酒舗《しゅほ》をやめてしまった。その後の足取りはわからない。でも、これ」

　真は風呂敷に包んだものを桜の精に渡す。

「なんだ？」

「その中にある」

　風呂敷を解いた彼は、酒瓶を取り出した。

「酒か。……『夕桜』？」

「その酒は、相良家と親交のあった酒舗《しゅほ》『米山家』が作ったものだ。銘柄として造られたのは明治時代だが、『夕桜』の名は米山家に伝わる、千代さんの遺書から名づけたそうだ」

「遺書？」

「相良家は酒舗《しゅほ》をやめたが、千代さんの思いを実らせたいと、米山家に酒造を託《たく》した。米山家もいつか酒造をしたいという願いを、明治になって叶えたんだ。そのとき、『夕桜』を造った」

　桜の精は風呂敷を足元に落とし、舐《な》めるように酒瓶に見入る。

「千代さんは、酒造が成功したら、必ずこの名をつけてほしい、桜の下で約束をした大切な人の名だからと、遺していた。米山家が代々受け継いだ秘話だそうだ。相良家も米山家ももとは鎌倉にいたので、『夕桜』だけ鎌倉の酒店限定で販売している」

敢えて米山酒造がある横浜で売らなかったのは、千代の思いを鎌倉に根づかせたかったからか。

「味は何度も改良されて、現代風になっているみたいだよ」

米山家の店主から聞いた話は、これですべてだ。

「夕、桜……」

桜の精の唇が震えている。彼は酒瓶を捧げ持ち、言葉をつなげた。

「夕桜。俺の名だ。千代、お前が俺に、夕桜とつけてくれたんだよな……？」

彼の目に涙があふれ、こぼれ落ちた。「夕桜、夕桜」と熱に浮かされたように何度も反芻《はんすう》している。真は黙って、その姿を見ていた。

どのくらいの時間が経ったのだろう。夕暮れに闇が落とされ、空に群青《ぐんじょう》が広がり始めたときだ。

酒瓶を抱きしめる桜の精――夕桜がすぐそばに来て、真に頭を下げた。

「真よ、ありがとう。俺はこのときを待っていた。千代が俺の名をつけてくれると、約束したのだ。次に会うときは必ず、名を持ってくると。俺はその言葉を信じて待っていた」

「……うん」

「千代は人だ。とっくに命を終えていることはわかっていた。だが、どうしても約束を待たずにはいられなかったのだ。その思いが俺を、この場所に縛りつけていた」

顔を上げた夕桜の瞳にもう涙はなく、表情は晴れ晴れとしている。

「千代の心が時を超えて俺に届いた。もう、会えなくてもいい。満足だ」

夕桜の思いは昇華されたのだ。

「真、一緒に飲もう」

「夕桜を？」

「ああ。頼む、一緒に味わってくれ」

「少しだけね」

桜の下に座ったふたりは、夕桜が取り出したおちょこを使い、「夕桜」を飲んだ。

ほんのり甘く、春の香りがする。

「桜餅《もち》の味がする」

「風味がたまらんな。旨《うま》い」

「ああ、美味《おい》しいね」

そして、もう一杯、酌《く》み交《か》わそうとしたふたりの目の前に、大きな風が舞い降りた。

「おい、お前ら何をしている！　もう決着はついたのか？」

仁王立《におうだ》ちした大天狗《おおてんぐ》が真たちを見下ろす。天狗《てんぐ》の面は外していた。桜の精の妖術で
時間が経っているとしたら、なかなか現れない真に業《ごう》を煮やしてこちらへ来たとみ

える。

「おう、大天狗《おおてんぐ》も飲め！　最高の酒だぞ！」

「俺は飲まないんだ。『夕桜』を飲んでいるということは、問題は解決したんだな？　帰るぞ、真」

夕桜の誘いを受け流した大天狗《おおてんぐ》は、機嫌悪そうに言った。

天狗《てんぐ》は大酒飲みだと、物語には書かれることが多い。だが、それは人間の勝手な妄想だ。本物の大天狗《おおてんぐ》は酒を一滴も飲まないのだから。

「真、約束だったな。俺がどこで『おつかいモノ』の噂《うわさ》を聞いたのか、教えてやろう」

夕桜が真に言った。

「ああ、そうだった。誰が噂《うわさ》を流したんだ？」

「俺は小天狗《こてんぐ》から聞いた」

「……は？」

「嘘ではないぞ。だが――」

夕桜は片手を地面に置いて、片膝を立てる。その視線は真ではなく、大天狗《おおてんぐ》に向けられていた。

「大天狗《おおてんぐ》よ。お前、鬼真丸《きしんまる》がその後どうなったか、知っているか？」

「……俺が知っているわけなかろう」

「あいつは伽羅《きゃら》姫を攫《さら》ったのち、行方不明になった」

「攫《さら》った……？　どういうことだ。誰にも捕まらなかったのか？」

大天狗《おおてんぐ》の問いには答えず、夕桜がにやりと笑う。

「しかしだ、大天狗《おおてんぐ》。今あいつは鎌倉に戻っている。俺にはわかるぞ。微《かす》かだが、あいつの臭いがするんだよ。なんともいえない、ゾッとするような、あのイヤな臭いが。稲村《いなむら》ガ崎《さき》か、江の島か、鎌倉山か、材木座《ざいもくざ》か……、それがどこかはわからんが」

顔を上に向け、風の匂いを嗅《か》いでいる。空は花曇《ぐも》りの様相から、灰色の雨雲が広がるものへ変わっていた。

「確かに臭うのだ。あいつが、『おつかいモノ』の噂《うわさ》を流していたら、面白いんだがなぁ」

「そんなわけあるか」

「いやいや。不思議なことに、真からも微《かす》かにあいつの香りがするんだよ」

夕桜が真を指さすと、大天狗《おおてんぐ》が顔をしかめた。

「冗談はよせ」

「大天狗《おおてんぐ》よ。お前、真が伽羅姫に似ているから、そんなにも真にかまうんだろう？」

「……なんだと？」

夕桜の言葉を受けた大天狗《おおてんぐ》が、一瞬動揺を見せた。

「大天狗《おおてんぐ》、お前にはわからんのか？　あの邪悪な香りが」

「……」

「なぜそこまで力が落ちている？　何があったのだ？」

大天狗《おおてんぐ》は口を噤《つぐ》んだまま、拳《こぶし》を握りしめている。

「お前も捜《さが》しているのだろう？　鬼真丸と伽羅姫を。俺が千代を捜《さが》し続けたように」

「伽羅姫は人間だ。お前が待っていた千代と同じく、とっくに死んでいるだろうが」

「果たしてそうかな？　あの鬼真丸に連れ去られたのだ。どのみち、ただではいられなかったろうよ」

そこまで話しておちょこの酒を飲み干した夕桜は、ゆらりと立ち上がった。同時に大天狗《おおてんぐ》が彼に背を向ける。

「……行くぞ、真」

「あ、ああ」

「真、待て」

返事をする真を夕桜が呼び止めた。

「……何？」

「来年も、桜の季節にここで会おうぞ」

「建長寺にいなければならないという縛りはなくなったんだろ？」

「思いは昇華したが、俺はやはりここが好きだ。この立派な境内と仏像と伽藍《がらん》と桜、そこに棲《す》まうあやかしたちも。だから俺は、千代にもらった着物を身につけて、これからもここにいる」

真を立ち上がらせ、背中をぽんと叩《たた》く。そこに邪気はなさそうだ。

「イヤだって言っても、会っちゃうんだろ」

「ははは っ、春が来れば花は咲くものだ。お前がその頃、まだ俥夫《しゃふ》を務めていたら、否応《いやおう》なしに再会はする」

「そんなに僕に会いたいわけ？」

「会いたいねぇ。俺は人ならざる身ではあるが、人のお前に興味が出た」

「そりゃどうも」

真はため息交じりに返事をする。

「ではまたな、真よ！」

春風とともに、唐突に夕桜が消えた。

「えっ、ちょっと」

小天狗《こてんぐ》といい、夕桜といい、その場を去るのが急すぎる。

「どうする、これ？」

真と大天狗《おおてんぐ》の足元に「夕桜」の酒瓶が残されていた。

「置いていったら寺に迷惑になる。持って帰――」

「おつかいモノ様、おつかいモノ様。その酒をわたくしに一杯いただけますか」

突然聞こえた声のほうに、あのタヌキがいた。今日は袈裟《けさ》を身につけている。

「タヌキじゃないか。お前、昼間はここに入れないんじゃ……」

「あれは嘘です。タヌキの言うことを真《ま》に受けるものではありませんよ」

タヌキは懐《ふところ》から、自分のおちょこを取り出した。それに応えて、大天狗《おおてんぐ》が酒瓶を持ち上げる。

「用意がいいな」

「これはこれは大天狗《おおてんぐ》様。お達者なようで」

「ふん。一杯だけだぞ？」

「おっとと、ありがとうございます」

きらきらと輝く酒が、おちょこを満たす。タヌキは器用にそれを口にした。

「ああ、美味《おい》しい。いいお酒ですね」

「君は建長寺を勧進《かんじん》したタヌキだよね？」

伝説どおり、僧になったのだろうか。

「わたくしはタヌキですよ、おつかいモノ様。また嘘をつくかもしれませんからね、教えて差し上げることはできません。それよりも、桜の精様です」

タヌキはおちょこの酒を飲み干した。

「わたくしは春が訪れるたびに、あの方を建長寺で見かけました。桜の精様は千代さんと別れるまで、あれほどの大酒飲みではなかったのです。お酒を使って人間をかどわかすことも滅多にありませんでした」

「千代さんと別れて、やけになったのか」

「つらく、苦しかったのでしょう。春になると現れて、建長寺の総門から三門、仏殿あたりを常にうろうろしていらっしゃいました。そこから出ることもなく、千代さんを捜《さが》して」

　空を見上げたタヌキの鼻先に、雨がぽつりと落ちる。

「おつかいモノ様の噂《うわさ》を聞いた桜の精様は、あなたを疑いつつも内心は期待されていたのだと思います。本当にありがとうございました」

「いや、僕はたいしたことはしてないよ。それより、タヌキはどうしてそんなにあいつを気にかけてたんだ？」

「ここに来れば皆さんが優しくしてくれます。食べ物や飲み物をいただき、桜の精様は酒を振る舞ってくださいました。もともと、優しい桜の精様です。千代さんへの執着から解かれ、これからは落ち着いてくださいますでしょう」

　安堵《あんど》しているタヌキの顔を見て、真の気持ちも和《やわ》らぐ。

「この酒、お前にあげるよ」

いつの間にか人間の姿になっている風吹の手から「夕桜」を奪い、タヌキに差し出した。

「あらまぁ。よろしいのですか?」

「僕も風吹も飲まないし。桜の精には来年、僕がまた『夕桜』を買っていく」

そうですか、とタヌキが微笑《ほほえ》み、風吹が肩をすくめる。

どうせ会ってしまうのだ。せがまれて買わされるなら、先に買っていったほうが早い。

「来る者は拒まず、去る者は追わず、か」

あやかしに対しても人間に対しても、夕桜はそうだったのだろう。だからこそ、そこに自分の思いが働いたとき、彼は待つしかなかったのかもしれない。

本格的に雨が降り始めた。残りの花びらをすべて落とす、花流しの雨になりそうだ。

春休みが終わり、ゴールデンウィークまでひとまず観光客の出足が落ち着く時期に入った、四月中旬。やっと互いの休みが重なった真と風吹は、建長寺門前の店に昼飯を食べに訪れた。

「肌寒いな」

ここのところ暖かい日が続いていたが、朝から冷たい雨が降っている。

「店が閉まるのが早くてタイミングを逃《のが》していたけんちん汁だが、やっと食えるぞ」

風吹は傘を閉じ、いそいそと店に入った。真もあとに続く。

「今回の報酬は甘いものじゃないのか？」

「甘いものは食後に注文する。ネットで見たところ、かなり旨《うま》そうだったぞ？」

風吹は楽しげに言う。しばらく元気がなさそうに見えたのは、気のせいだったか。それとも、桜の精――夕桜が口にした人物を気にかけていたからか。

店員に案内されたふたりは靴を脱ぎ、席に着いた。畳敷きの部屋にテーブルと椅子が並ぶ。昼前のおかげで、客はまだ真たちだけだ。

ごぼうや里芋《さといも》などの根菜、崩した豆腐、しいたけが入ったけんちん汁は、建長寺が発祥と言われている。建長寺の修行僧が作っていた精進料理のひとつ、建長汁《けんちょうじる》がなまって、けんちん汁になったという説もあった。

メニューを決めたふたりは、食事が出来上がるのを待つ間、座談堂へ入った。

こぢんまりした和室。ここも誰もいない。ふたりは壁沿いに並んだ座布団に座った。

「風吹。桜の精が言っていた、鬼真丸って誰？」

真は気になっていた名を口にする。

正面の壁に大きくくり抜かれた丸窓は、雨に濡れる庭の緑を映していた。

「酒呑童子《しゅてんどうじ》は知っているか？」

「知ってる」

鬼の頭領と言われた酒呑童子は、その名のとおり、酒好きの鬼である。十四、五歳の少年の姿をし、不老不死だと言われていて、茨木童子《いばらぎどうじ》など多くの鬼を従え、京の町で暴れ、悪行をしたとされた。ネットで妖怪のことを調べていればすぐにたどり着く有名な鬼だ。

「酒呑童子の息子が鬼童丸《きどうまる》。鬼童丸の息子が鬼真丸だ」

「孫なんていたんだ？　鬼童丸まではネットに出てきたけど」

「平安時代に酒呑童子が源頼光公《みなもとのらいこう》に打ち取られたことから、鬼童丸は頼光公を狙い続けていた。鬼真丸もまた、源氏を追いかけて鎌倉に来た。だが、鎌倉殿のご加護が強すぎて、鬼真丸にはどうにもならなかったんだ。鬼らしく、極悪非道と言われていたがな」

「風吹は鬼真丸と知り合いなのか」

「……ああ」

「伽羅姫というのは――」

「……」

「悪い、聞きすぎた」

風吹は気にするなと首を横に振った。

夕桜は真が伽羅姫に似ているとも言っていた。それについて聞いてみたかったのだが……

春雨《はるさめ》が静かに降り続いている。

部屋を出たふたりが席に戻ると、塩むすびがついたけんちん汁と、湘南野菜がふんだんに使われたカレーが運ばれてきていた。

本格的なスパイスの効いたカレーは、まろやかな味わいだ。蒸した野菜は甘味が引き出されていて、とても美味《おい》しい。

風吹はけんちん汁が相当気に入ったらしく、あっという間にたいらげていた。

「そういえば、僕の両親が僕を連れて鎌倉を出たのは、あやかしがいるからだったよな？」

「そうだ」

「横浜なら大丈夫という、その理由を教えてくれ。前から気になってた」

「京ほどではないが、鎌倉は寺社仏閣が多数ある地だ。鎌倉殿の力が未だ、そこここに及んでいる。逢魔《おうま》が時《とき》から夜明けまで、鎌倉中の闇に鎌倉殿の力を利用したいあやかしが跋扈《ばっこ》するのは当然とも言える」

「鎌倉にいなければ被害は少ないと？」

「あっても最小限にとどまったはずだ。横浜を選んだのは人間が多く、鎌倅夫《かましゃふ》に近いからではないか？」

「なるほどね」

父が仕事に通うにも、いつか鎌倉へ戻るにも、都合のいい場所だったのだ。

そして――

「これはまた斬新だな！　美しい！」

デザートのティラミスを前に、風吹が目を輝かせる。

大きな和皿に盛られた、柔らかそうなティラミスに、石臼《いしうす》で碾《ひ》いた抹茶《まっちゃ》が振りかけてあるのだ。

「旨《うま》い、なんて贅沢《ぜいたく》に抹茶《まっちゃ》が使われているんだ！　旨《うま》いぞ！」

「ああ、美味《おい》しいな。ただ、嬉しいのはわかるけど、もうちょっと声を落としてくれない？」

「すまん……」

あとから来た女性客らが、しょんぼり肩を落とす風吹を見て、くすくす笑っている。

真はティラミスを食べながら、夕桜やふさのことを考えていた。小天狗《こてんぐ》や、目の前にいる風吹もだが、皆、何かしらの事情を抱えている。

真は今まで自分の生まれについて、敢えて触れることはなかった。だがこのままでは、「おつかいモノ」について何も解決しないのではないか。

前に進むためには、自分の執着と向き合わなければならないことを、あやかしたちに教えられた気がした。

「帰ったら、おじいちゃんの部屋を調べてみる」

「彦蔵の部屋を？　なぜだ？」

「僕が捨てられたときの何かがわかれば……。おじいちゃんとあやかしについても、わかるかもしれない。たとえばノートとか本とか、関係するものを見てみたい」

「急にどうした？　今までそんな素振りなど見せなかったのに」

「知りたくなったんだ。僕自身に向き合わないと、『おつかいモノ』を辞められるときが来ない気がして」

「そういうことなら協力しよう」

そう答えたあと、残すならくれ、と言って風吹が手を伸ばす。真はその手を思いきりはたき、残りのティラミスを頬張った。


「――この奥に隠し部屋がある」

家に帰って祖父の部屋に入るなり、風吹が得意げに胸を張った。押し入れを指さしている。

「はぁ？　そういうことは早く言えよ」

「聞かれないことには答えん。俺も入ったことはない」

「このネタバレ感はなんなんだよ。わくわくして探《さぐ》ろうと気合入れてたのに」

真はぶつくさ言いながら部屋を出て、懐中電灯を持ってきた。

「ここから入れるようだ」

押し入れの襖《ふすま》を外した風吹とともに、上段に上がる。奥の壁を押すと、真っ暗な空間が現れた。懐中電灯で照らしつつ狭い空間を進んでいく。人ひとり通るのが精いっぱいの細い廊下だ。

「カビくさ……。なんか、あやかしがいそうでイヤだな」

「俺が蹴散らしてやる。まぁ、そういう気配はないから安心しろ」

突《つ》き当たりに出た。懐中電灯の明かりが、右に折れる廊下を映し出す。

「この壁の向こうは納戸《なんど》か？　こんな不自然な空間があれば誰か気づいてもおかしくないのに」

「ここはたぶん、まっとうな人間は入れん」

「あ、そう」

祖父や自分は、あやかしが見える特殊体質の人間。何度も言われれば、さすがに慣れてくる。

右に曲がってしばらく進むと、今度の突《つ》き当たりに格子戸が現れた。

「これか？」

「そうだな。入ろう」

　木製の格子戸をがらりと開けて、部屋に明かりをかざす。

　真ん中に机、壁三面には本棚がびっしりと並んでいた。祖父が書斎に使っていたようだ。

　ここはカビ臭いどころか、良い香りが充満している。だが、真にはこの香りがなんとなく禍々《まがまが》しいものに感じられた。しとしと降る雨の音と、窓のない暗がりが、そう感じさせるのかもしれないが。

「なんか匂うよな？」

　風吹に確かめる。

「ああ。……妙だ」

「カビ臭いのかと思ってたけど、いい匂いがするのは変だな」

「いや、そういうんじゃなく」

「そういうんじゃないなら、なんだよ？」

　珍しく神妙な声を出す風吹の顔を、真は懐中電灯で照らした。その横顔は、声と同じく怪訝《けげん》なものだ。

「有りえない香りがする」

「ふささんの菓子入れみたいなこと？」

「……そうかもしれんな」

ここにないはずの香り。今回はふさのときより悪い感じがしたけれど、とりあえず、匂いについてはあとで考えることにした。

真は本棚を照らしながら、タイトルを読み始める。

「陰陽道、妖怪百科、薬草の調合、呪術による薬……。あとで読もう」

歴史や文化の本も多い。

机の上に地球儀と丸い水晶玉、ペン立て、メモ帳などが無造作に置かれている。祖父はここで本を読み、あやかしについて調べていたのか……

「いてぇっ！」

不意に、何かにぶつかる音と同時に風吹が叫んだ。

「どうした？」

足元の箱に足をぶつけたらしく、ぴょんぴょん飛びつつ足先をさすっている。

「暗くてわからなかった、いてて」

「大きな箱だな。何が入ってるんだろう」

「長持ちのように見えるが……」

ふたり一緒に箱の蓋《ふた》を開けてみる。結構な重量だ。蓋《ふた》を脇に寄せ、箱の中に懐中電灯の光を当てた。

「カゴ？」

竹で編んだ大きなカゴが入っている。楕円形のそれに取っ手はない。

なぜか真の体が総毛立《そうけだ》つ。触れてはいけないもののような、イヤな気を感じた。この大きさは……何かに似ている。

カゴの上に畳んだ紙が一枚、置いてあった。真は恐る恐る紙を拾い上げ、ひらく。

墨で文字が書かれている。読めないのに、悪寒《おかん》が走った。

「達筆すぎて読めない」

真のつぶやきに、風吹が文字を覗《のぞ》き込む。

「これは『魔事也《まじなり》』だな」

「魔事、って？」

「人間を迷わせたり、苦しめたり、病気にする魔の力を言う。『まじない』は魔を封じ込める方法だ」

真は文字を凝視した。イヤな予感が拭《ぬぐ》えない。

耐えられなくなって、箱に入ったカゴに視線を移した。カゴの横に綺麗に畳まれた布がある。

楕円形のカゴには何が入るだろう。野菜？　食器を伏せておく？　洗濯物を入れる？　いや……ちょうど赤ん坊が入りそうな大きさだ……

真は顔を上げ、こちらを見つめる風吹と視線を合わせる。彼もまた、険しい表情をしていた。お互い何か言いたげだったが、それきり口を噤《つぐ》む。

結局、その他に大元のあやかしのヒントになりそうなものはなかった。

春雨《はるさめ》はまだ、止みそうにない。

四　檸檬《れもん》の木

足音が近づいてくる。ドンッ、ドンッ、と、一歩一歩がやけに大きい。うるさくておちおち昼寝もできない。

まぶたをこすった真は、部屋の入り口へ目を向けた。木製の引き戸ががらりと開く。

「いいことを教えてやる」

現れたのは、閉じた傘から一本足が伸びている妖怪だ。下駄《げた》の音が響き渡ったのだろう。傘にはひとつ目と、長いベロを出しっぱなしの口があり、両手が生えている。唐傘小僧《からかさこぞう》だ。

「……また、ベタな奴が来たなぁ」

真は体を起こした。エアコンの効いた部屋で畳の上に直接寝ていても、背中にじっとり汗が浮かんでくる。

「ベタってなんだ?」

ひとつ目を瞬《またた》かせた唐傘小僧《からかさこぞう》が問う。

「なんでもない。それより、いいことって?」

「庭の百日紅《さるすべり》の花が綺麗に咲いているぞ」

部屋に入ってきた唐傘小僧《からかさこぞう》は、真を飛び越え、窓に近づいた。

「ああ、そうね、はい」

「アレを取って、ちぎって、食ってもいいか」

「ダメ。あれは母さんのお気に入りだ」

真は腕についた畳の跡をさすり、外を見る唐傘小僧《からかさこぞう》のそばへ行く。青々と茂る木々の合間に、ピンク色の花をつけた百日紅《さるすべり》の木が見えた。

庭の木や草花は、ここを離れてからも母が世話をしていたらしいのだ。その花を妖怪に食べられては悲しむだろう。

「わかった。食わない」

「台所でつまみ食いもダメだぞ?」

「うむ……」

唐傘小僧《からかさこぞう》は納得いかない声を出す。仕方なく、真は机の上に置いた個包装のクッキーを手にした。ご近所さんにお土産《みやげ》でもらったものだ。

「ほら、これをやるから食べな」

「おおっ!」

真の差し出したクッキーを見て、小僧はぴょんと飛んで嬉しさを表す。

「その代わり、言うことは聞けよ？」

「マコトの言うことは聞く」

「父さんと母さんに何もしないように」

「わかった」

　小僧は受け取ったクッキーをうやうやしく両手で持ち、大きくうなずいた。傘がバサバサと音を立てる。そして聞いてもいないのに続けた。

「大天狗《おおてんぐ》は怖い。小天狗《こてんぐ》は仲よし」

「そうなんだ？」

「くっきー、くっきー」

　その手にクッキーを持ったまま、ドンッ、ドンッ、と一本足で部屋を進み、小僧は出ていった。

「風吹もだけど、小天狗《こてんぐ》も顔が広いよなー」

　あくびと伸びをした真は、部屋の隅に置いてあるリュックに視線を向ける。

　志木家は真の亡き祖父、彦蔵が呼び寄せていたのか、家のどこかしらに小物の妖怪がいた。いつも同じモノがいるわけではないし、場所も廊下ですれ違ったり、部屋に入ってきたり、食卓にいたりと様々だ。

　幸い、大天狗《おおてんぐ》が住んでいることで、大物や人に害を為すあやかしはいない。

もっとも、だいぶ慣れてはきたが、落ち着かなかった。

大学の夏休みを迎えた真は、鎌倅夫《しゃふ》のバイトに精を出している。梅雨《つゆ》が明けてから、うんざりするような猛暑日が続く中、今日はようやく取れた休日だ。

しかし――

「出かけよう、っと」

どうせゆっくり寝ていられないのなら、気になることを調べてしまおう。真はリュックに必要最低限の物だけ入れて、玄関を出た。

「あっつ……」

午後二時の日差しの強さは半端ない。木陰を選びつつ小走りに門へ向かう。草むらの陰で走り回っているあやかしが、目の端に見えた。

大きな門を出たところで真は止まる。

ここは自分が捨てられていた場所だ。

父に聞いたところによると、祖父は抱きかかえた赤ん坊を父に見せ、もし親が見つからなかったら引き取り、名は「真」と名づけると決めていたそうだ。子どものいなかった両親は、困るどころか喜んで賛成したという。

複雑な気持ちもあったろうに、ふたりはそんな素振りを真に見せたことはない。

高校に入る前を思い出す。両親は真に真実を教えた。真が大人になる前に自分たちの口から伝えたかった、これからも本当の息子として真と接していく、今までと何も変わらないのだと言ったのだ。

だが当時の真は、ふたりの話を聞く前に知っていた。親戚の葬儀に出たとき、心ない大人たちの言葉によって。

わけのわからないことがよく起きる化け物屋敷を継ぐために、お前は引き取られたのだと――

あの春雨《はるさめ》の夜以来、真は祖父の隠し部屋に行っていなかった。

「――志木じゃん。どうしたんだよ？」

大学構内の図書館へ向かう廊下で、真は友人の大野《おおの》に肩を叩《たた》かれた。

「ああ、久しぶり。ちょっと調べものなんだ。大野はサークル？」

「そう、今終わったところ。このあと永野《ながの》たちと飲み会なんだ。可愛い子もいるらしいから、お前も来いよ」

大野が人なつっこい笑顔を見せる。

明るい色に髪を染めている彼は人当たりがよく、人気《にんき》がある男だ。

「いや、遠慮しとく」

「人力車のバイトが忙しいのか？」

真の肩に手をのせたまま、大野がニヤリと笑う。彼がつけている爽《さわ》やかな香水が鼻をかすめた。

「それ、大野に言ったっけ？」

誰にも話していないのに、どこから情報を得たのか。

「まゆちゃん……ほら、青木ゼミで一緒の子いるじゃん？　まゆちゃんとその友だちが、鎌倉で人力車を牽《ひ》く志木を見かけたって騒いでたんだ。お前、ＳＮＳに上げられてるの知らない？　エゴサしてみ？」

「そういうの興味ないんだよな」

「なさそうだもんなー。そんでまゆちゃんも、お前の好みじゃやなさそうだしなー」

あはは、と大野は笑いながら、すれ違う友人に手を上げて挨拶《あいさつ》している。

真の好みなど知らないくせに何を言っているんだと思いつつ、真は「まゆちゃん」を思い浮かべた。けれど、わからない。まゆちゃんどころか、他の生徒の顔と名前もほとんど覚えていないのだ。

「みんなお前のことが気になるんだよ。自分のことは話さないし、人とつるまない。かといってイヤな奴ってわけじゃない。そういう掴みどころがないのが、クールに見えるんだってさ。人ってのは、隠されれば隠されるほど知りたくなる。『志木くんと仲よくなりたい』って女の子もいたぞ？」

「へえ、そんな物好きがいるんだ」

「いるいる。第一、夏休み前から日焼けしてたんだから、なんかしらバイトしてると目星はつくだろ。あんな観光地で俥夫《しゃふ》って、かなり目立つし」

「まぁ、それもそうだね。よかったら大野も乗りに来てよ。じゃあね」

一歩踏み出した真の前に、慌てた大野が回り込む。

「茶化したわけじゃないからな。その、たまには付き合えってことだよ」

申し訳なさそうな、それでいてまっすぐな瞳が真を捉《とら》えた。

「別に怒ってないよ。そんな必死にならなくても」

「いや、お前はみんなでワイワイやるのが苦手だってわかってるのに、しつこくして悪かった」

大野の気遣いは裏がない。真は苦笑し、心の中で降参した。

「今度また誘って。次は行くから」

「おう！　みんな喜ぶよ。絶対来いよな。バイト頑張れ」

ありがとう、と笑顔を返して、大野と別れる。

周囲の人とは、つかず離れずの関係を築きたかったのだが、大野に限っては難しそうだ。

それが苦痛だとは、不思議と思わなかった。

ほどよくエアコンの効いた図書館で、真はそれらしい本を二、三選んだ。

一般にも開放している図書館には結構な人がいる。どうにか座る場所を確保した。

「鬼真丸のことは載ってないか。ネットもくまなく探したけどなかったし……」

鬼童丸のその後も、見つからない。祖父の隠し部屋の本は呪術が主で、その他は近代の妖怪本ばかりだった。

もっと古く、力の強い妖怪について知りたい。

真は席を立ち、鎌倉の風土や歴史の本が並ぶコーナーに行く。

「風吹が嘘をつくとも思えないしな。鎌倉の伝説をしらみつぶしにしていくしかないか」

——鬼真丸が鎌倉に戻っている。

桜の精の言葉が真を不安にさせていた。

風吹といい関係ではなさそうな奴が戻っているとしたら、それは「おつかいモノ」をしている真にとってもよくないことだ。対策を練りたい。

座る席がなくなってしまったので、真は鎌倉の伝説や民俗学に関する本を借りて帰ることにした。

「――今日も猛暑日になる予報だ。くれぐれも体調に気をつけ、お客様の安全第一で回ってほしい。夏限定の団扇《うちわ》を配るのを忘れないように」

社長の言葉に気合を入れた鎌倖夫《しゃふ》の倖夫《しゃふ》たちは、それぞれの持ち場へ向かった。真は風吹に呼びとめられる。

「おい、志木」

「なんでしょう、大岩さん」

ここでは先輩、後輩の関係なので、互いに名字呼びだ。

「熱中症には気をつけろよ？　ぼーっとしてると、余計なもんが寄ってくるからな」

「あー……、はい。わかりました。気をつけます」

余計なもんイコール、あやかしである。

昼間に見かけるあやかしは、真に害を為すことはほとんどない。気をつけなければならないのは夕暮れ時――逢魔《おうま》が時《とき》だ。

光が消えかけ、闇が近づく頃に、妖怪たちの力は増す。さらに、神社や寺の力を得たあやかしに、何をされるかわかったものではない。鎌倖夫《しゃふ》の営業時間が日の入りまでとはいえ、あやかしと気づかずに逢魔《おうま》が時《とき》に人力車に乗せてしまったこともある。また、滅多にいないだろうが、桜の精のように昼間でも力を発揮できる妖怪もいた。

風吹が注意してきたのは、決して気を抜くなということなのだ。

「じゃあ、行ってきます。大岩さんもお気をつけて」

「ちょっと待て。お前、今日は一日長谷だったな？　長谷の事務所から直帰だよな？」

「そうですけど」

振り向いた真に、すぐそばまで風吹が近づく。かがんだ彼が、ぼそっと言った。

「帰りにクレープを買ってこい。大仏のクッキーを売っているところだ。あれをクレープにトッピングしてもらってくれ」

「……は？」

「金は出す。先輩の命令だ」

「パワハラかよ」

風吹に合わせて、真は声を落とす。

「お前の分も買ってきていいから……！　頼む、今日どうしても食いたいんだ。あれは絶対にSNSでの女子受けがいい。俺は閉店までに間に合いそうもないのだ」

真の肩に置かれた大天狗《おおてんぐ》の手に力が込められた。目が血走っている。

最近の風吹は報酬の甘いものだけでは飽き足らず、自腹でスイーツを買って楽しんでいた。

「わかったから離せって。生クリームが溶けても知らないからな？」

「そこのクーラーボックスを持っていけば万全だ。仕切りがついていて崩れない。あ、保存用ビニールが入ってるんで、それをクレープに被せてな」

アウトドア用のかっちりしたクーラーボックスを持たされる。十二時間は余裕で保冷できる保冷剤が入っていた。

「用意周到こわ……」

甘党で女子受けを狙う大天狗《おおてんぐ》とはいったい？

真はわざと大きくため息をつきながら、事務所を出た。……クーラーボックスが重い。


長谷で乗せた予約客ふたりに、真は団扇《うちわ》を渡した。筆文字で大きく「鎌俥夫《しゃふ》」と書かれたものだ。今日の客は四十代の夫婦である。

「あの、暑くて大変ですよね？」

柔らかな雰囲気の妻が、心配そうに真を見た。眼鏡《めがね》をかけている夫もまた、同じ表情をしている。

「ありがとうございます。でも、大丈夫ですよ。こう見えても、毎日十キロ走って鍛えてますので」

「ええーっ！」

「それはすごいですね！」

にっこり笑って答える真に、夫婦は感嘆の声を上げた。

「少しでも具合が悪くなったり、飲み物が足りなくなったりしたら、すぐに教えてくださいね」

「ええ。志木さんも無理しないでくださいね」

「ありがとうございます。絶対に無理はしませんのでご安心ください。ではまず、長谷寺へ向かって出発しますね！」

鎌倉駅から江ノ電で三つ目の長谷駅。北に行けば全国的に有名な鎌倉大仏が、南に向かえば湘南の海に数分でたどり着く、老若男女に大人気《にんき》のスポットである。フォトジェニックなスイーツ店やカフェが増えたことも、人が集まる一因だろう。

外国人観光客も多く、長谷での人力車の需要は年々伸びているらしい。

長谷寺、光則寺《こうそくじ》を巡り、ほうじ茶のソフトクリームを買ってひと休み。

ふたりは二十年前に鎌倉デートをして以来だと言う。

楽しそうな客の様子は、真の俥夫《しゃふ》としての気持ちを高揚させた。顔には出さないが、内心とても嬉しい。

ラストは旧前田《まえだ》侯爵別邸の「鎌倉文学館」だ。三島由紀夫《みしまゆきお》の小説「春の雪」に登場する別荘は、この洋館がモデルだと言われている。

鎌倉文学館と書かれた入り口から、石畳の緩い坂道を上がっていく。建物はこの奥にある。アプローチの両側に生い茂る木々が、涼しい木陰ときらきら光る木漏れ日《こもれび》を作り出していた。途中で出会う石造りのトンネルを抜けていくと、まるで、時代を遡《さかのぼ》っているかのような錯覚に陥《おちい》る。

「ありがとうございました」

「こちらこそ、ありがとうございました」

「いい思い出になりました」

モダンな文学館の手前で写真を撮り、会計を済ませて、挨拶《あいさつ》を交わした。

彼らは文学館を見学したあと、徒歩で長谷駅まで帰るというので、ここでお別れだ。年代が上の客を案内するのはとても緊張するが、喜んでもらえたことに心から安堵《あんど》する。

文学館に入っていくふたりを見送った真は、人力車に戻った。

額《ひたい》の汗を拭《ぬぐ》いながら人力車を牽《ひ》き、坂道を下っていく。前方から坂を上がってくる人はいなかった。蝉《せみ》の鳴き声と小鳥の声だけが響いている。

石畳の道が終わり、鎌倉文学館をあとにした真は、ふと、何かの気配を感じて足を止めた。

「すみません。乗せていただきたいのですが……」

声をかけてきたのは三つ揃いのスーツを着た中肉中背の若い男性だった。

顔にかかる前髪のせいで左目が隠れ、右目がやっと見えるくらいだ。年は二十四か五……風吹と同じくらいといったところか。

真はこの男に見覚えがある気がした。だが、どこの誰かまでは思い出せない。

「……ありがとうございます。ご予約のお客様がいらっしゃいますので、四十分ほどのご利用になりますが、よろしいでしょうか？」

真はとっさに嘘をつく。

本当はこのあと、長谷駅周辺で客待ちだ。予約客などいない。

「ええ、かまいません」

男が、うっすらと口角を上げた。

彼は、この暑さの中で汗ひとつ掻《か》いていない。スーツのジャケットを脱ぐでもなく、首元はきっちりとネクタイを締めている。ベストのボタンは一番下だけ外しているが、これはマナーのひとつなので関係ない。

真は彼の異質さに警戒したのだ。

この男はあやかしではないだろうか。それも、危険なたぐいの……

男と真に、絶え間なく蝉時雨《せみしぐれ》が降り注ぐ。

どちらまで、と訊《たず》ねようとした真のそばを、鎌倉文学館へ向かう女性たちが通り過ぎた。

「ね、あのスーツの人、イケメンじゃない？」

「私は人力車のお兄さんのほうがいいな」

「ふたりとも聞こえるってば、もう」

　女性らの言葉に気づかされる。複数人に見えているということは、彼はあやかしではないのか……

　文学館への道を進む彼女らの背を、男が見つめている。真はコース巡りの地図を彼の前に差し出した。

「終点は長谷駅でよろしいですか？」

「いえ、海を見たいんです。そこまでこのあたりをひと周りしていただければ。神社や寺には寄らなくてかまわないんで……」

　男が遠慮がちに言う。

「でしたら、由比《ゆい》ガ浜《はま》大通りに出て長谷寺のほうへ行きましょうか。いろいろお店があって楽しいんです。気になる場所があったら立ち寄っていただいてかまいません。途中、美味《おい》しいアイスコーヒーの店がありますので、そちらを持ち帰り用にして人力車で飲みながらでも」

「ああ、いいですね。それでお願いします」

　男性の優しげな笑みでようやく安心した真は、彼を人力車に乗せた。異様な気配がしたのは、きっと服装のせいだったのだ。

男性は左足を引きずっていたが、乗るときに支障が出るほどではなかった。

「新しい店がたくさんあって驚きました。若い人や外国の方が多いんですね」

彼は昔、鎌倉に住んでいたことがあるそうだ。

「SNSの影響もあると思います。いい店や商品はすぐに拡散されるので、オシャレな店が軒並み増えたようですね」

「なるほど。私はそういうことに疎《うと》いもので」

「実は僕もあまり……。と言ってはいけないんでしょうが」

「俥夫《しゃふ》のお仕事で、それは言わないほうがいいかもしれませんね」

ははっ、と楽しそうに男性が笑う。初めとは違い、気さくな印象に変わっていた。

男性をあやかしだと勘違いしたことに、真は申し訳なくなった。暑くて神経が尖っていたのだろう。汗をかきにくい人など、ごまんといる。

文学館入り口の交差点を西へ曲がり、真は由比ガ浜大通りを進んだ。

夏休み中の鎌倉は、どんなに暑かろうが観光客が減ることはない。

「そこの文房具店は、鎌倉限定の雑貨を売っています。店内で手紙を書くこともできる、女性に人気《にんき》のお店ですね」

「今の時代に手紙を書く人がいるんですね」

「最近はアナログ回帰が流行《はや》りみたいですよ」

感心する男性に、ケーキショップや欧風カレー店、大正時代に建てられた母屋を持つ結婚式場などの説明をしながら人力車を走らせる。

器《うつわ》の店に立ち寄った男性は作家の茶碗をたいそう気に入り、喜んだ。今彼は、買い物中に真が買ってきたアイスコーヒーを、人力車の上で美味《おい》しそうに飲んでいる。

そんな男性を見るたび、やはり彼を知っていると感じた。著名人ではない。もっと身近な誰かだ……。

けれど、一向に思い出せなかった。

長谷観音前の交差点を南へ曲がり、海へ向かう。

昼過ぎの日なたは、肌が痛いくらいの日差しである。真は建物の影を選んで人力車を止めた。海は目の前だ。

「このあたりでよろしいでしょうか?」

夏空よりも深い青の海が、強い日を反射してきらきらと輝いている。真夏の湘南は、どこも海水浴客でいっぱいだ。

「そうですね。ああ、いい気持ちだ。……潮の香りが忌々《いまいま》しいが」

「え?」

「降りますね」

男性がにっこりと笑った。聞き間違いではないが、ここはスルーしたほうがよさそうだ。

真は男性が人力車から降りる手伝いをした。

「こちらが領収書になります。あと、すみません。ご乗車になる際に渡し忘れていたんですが、僕の名刺です。何かありましたらまた、いつでもご連絡ください」

受け取った名刺を男性が凝視する。

「志木、真さん。……今度乗るときに指名しても？」

「ええ、もちろんです。ぜひお願いします」

顔を上げた男性が満足げに笑う。その妖しい笑みが真の不安を甦《よみがえ》らせた。文学館の前で出会ったときと同じく、頭の奥で警鐘が鳴り始める。

やはりこの男性は「人ならざるもの」ではないか、と――

真は慎重に彼の様子を窺《うかが》いながら、後ずさりをするために右足を後ろに引いた。だが――

「今日は楽しかった。では、またね」

男性はくるりと背を向け、左足を引きずって歩き出した。彼の足元に小さく光るものが落ちる。

「あ、何か落としましたよ」

真は慌てて駆け寄り、アスファルトに転がったそれを拾う。……指輪だ。

「えっ、冷たっ！」

まるで氷みたいな冷たさに驚いて顔を上げると、すでに男性の姿はない。

目の前を通り過ぎ海へ向かう人々の笑い声だけが、あたりに響いていた。

「指輪からいい香りがする。どこかで嗅《か》いだような？」

冷たさの変わらない指輪を腹掛けのポケットに入れる。

その場ですぐに調べたが、男性に書いてもらったお客様カードの電話番号や住所は、架空のものだった。これでは指輪を返せない。

「佐藤《さとう》一《はじめ》……。この名前も嘘だろうな」

とりあえず、いったん指輪を預かる。社に電話をして、男性からの連絡があれば、取り次いでもらうことにした。

「やっぱりあやかしだったのか……？」

その後、短時間でふた組の客を乗せ、今日の営業は終了となった。

頼まれたクレープを購入して家に帰ると、真の部屋で風吹が待っていた。

「おう、お疲れさん」

「僕より先に帰れるなら、自分で買いに行けばいいのに」

「俺も今さっき帰ってきたばかりだ」

「あ、そう」

クーラーボックスを畳の上に置き、リュックを壁の定位置にかける。

すでにガンガンにエアコンが効いていた。あやかしとはいえ、人間の姿でいると暑さも寒さも感じるらしい。

「相変わらず何もない部屋だよな」

胡坐《あぐら》をかいている風吹が部屋を見回した。

彼の言うとおり、殺風景な和室だと思う。家具は机と椅子だけだ。あとの物はすべて押し入れに入っている。もっとも、その押し入れの中もガラガラなのだが。

「ごちゃごちゃ物があると視覚が邪魔されて集中できないし、無駄に疲れるから」

真も畳の上に座り、壁にもたれた。

「お前はテレビも見ないだろう。SNSもほとんどやってない」

「風吹が俗物すぎるんだよ」

ポケットの中の指輪に触れ、軽く握りしめる。とても冷たいそれが、手のひらの熱を徐々に奪っていく。

「テレビもネットも情報量が多すぎる。凄惨《せいさん》な事件なんか目に入ったら、被害者の状況を想像しすぎて一週間くらい何も手につかなくなるんだよ。だから見ない」

「難儀だな」

「そんなことより食べよう。ほら、自分で出せよ」

　ポケットから手を出した真は、畳の上のクーラーボックスを引きずって風吹の前に置いた。眉根を寄せていた風吹が、一気に破顔する。

「おおーっ！　愛しのクレープッ！　礼を言うぞ真！」

　ボックスを開け、目を輝かせた。こちらが引くほど、はしゃいでいる。

「ついでに母さんにも買って渡しておいた」

「もちろん母上の分も俺が支払う。お世話になっているからな」

「可愛くて美味《おい》しそうって喜んでたよ。今食べてるんじゃない？」

「それは何よりだ。俺も今から喜ばせてもらう」

　風吹はクーラーボックスから慎重にクレープを取り出した。アウトドア用の強力な保冷剤が入っているおかげで、生クリームは溶けていない。

「ふむ、これが大仏クッキーか。可愛いな」

　苺《いちご》とあずきが入ったクレープに、大仏型のクッキーがちょこんとのっている。この様《さま》がとても可愛く、女子に大人気《にんき》のクレープなのだ。

　風吹は手元のスマホをクレープに向けた。立ち上がり、シーリングライトの下に移動してスマホをかざし、ああだ、こうだとブツブツ言っている。

「あ、美味《おい》しい」

真は自分のクレープの大仏型クッキーをつまんで、バリバリと食べた。ジンジャー味のそれは甘すぎず、何枚も食べられそうなほどだ。

「おまっ、なんてことをしてるんだ！　画像を撮ってから食え！」

「僕はいちいち食べ物の写真なんか撮らないからいいの。風吹こそ早く食えよ」

「部屋の中は光量が難しくて上手《うま》く撮れんのだ。……まぁ、こんなものだろう」

後でSNSに載せるらしい。本当に妖怪なのかと疑いたくなる。

食べ終わった真は、ズボンのポケットから指輪を取り出した。

「これ、お客さんの落とし物なんだけど……」

「落とし物？　見せてみろ」

クレープを頬張っている風吹に指輪を渡す。

「なんだこの指輪は。ものすごく冷たいな？」

「そうなんだよ。気持ちいいんだけどさ」

「ふむ」

風吹はそれをまんべんなく眺めたあと、鼻を近づけてくんくんと嗅《か》いだ。

「……妙だ。隠し部屋と同じ匂いがするぞ」

「ああ、それだ！　どこかで嗅《か》いだと思ったんだよ」

祖父の部屋の押し入れ奥。風吹に案内された秘密の部屋のにおいだ。あの部屋はカビ臭いどころか、いい香りが漂《ただよ》っていたのである。

「有り得んな」

風吹は残りのクレープを口へ放り込んだ。

「何が有り得ないんだ？」

「有り得ないものは有り得ない」

「前にも言ってなかったっけ、それ——」

「客はどんなナリをしていた？」

完全にスルーする風吹にこれ以上強制はできず、真は疑問を呑み込んだ。そして客の男を思い浮かべる。

「僕と似た背格好で前髪が少し長い男性だ。年はたぶん風吹と同じくらい、二十四、五歳だと思う。この暑さの中、三つ揃いのスーツを着て、汗ひとつかいてなかった。雰囲気がヤバそうな感じだったから一瞬あやかしかと思ったんだけど、他の人にも見えていたので、わからない」

「暑さに強く、汗をかきにくい体質なのかもしれん。たまにそういう客はいるしな」

「だよな。あ、あと足を引きずってた。左足……だったかな」

「……左足？」

風吹の表情が険しくなる。

「たぶん」

「真よ。お前、鬼真丸が鎌倉に戻っているという話を覚えているか？」

「もちろん、覚えてる」

「俺はお前の危険は察知できるが、鬼真丸の気配はわからんのだ。ただ、この香りが……」

風吹は言葉の途中で口を引き結んだ。指輪を見つめ、そして真の手に返す。

「もしまた、その男に会ったら一応警戒しとけ。すぐに俺を呼んでもいい」

「あいつが鬼真丸かもしれないのか？」

「一応、だ。人間の可能性のほうが高いとは思うが」

鬼真丸の話をしたとたん、クレープで喜んでいた風吹の表情は深い陰りに包まれてしまったのだった。

翌日。

八月の営業は、日の入り時刻に合わせた午後六時半過ぎで終了だ。真は最終の客を若宮大路《わかみやおおじ》で降ろし、帰路を急いでいた。すでに、真にとって警戒する時間の最中である。できれば何事もなく会社に着きたい。

鎌倉駅を東口から西口へ移動する。駅前はどちらもまだ多くの人で賑わっていた。

路地に入り、鎌俥夫《しゃふ》のビルが見えてきたことにホッとする。

「あ、あのー、ええと、人力車屋さーん！」

「えっ？」

女性の声が真を呼び止めた。

路地の端に人力車を停めて、後ろを振り向く。小走りにこちらへ来た女性が、深々と頭を下げた。

「すみません、お忙しいところを、呼び止めてしまって」

「いえ、どうなさいました？」

「あの、ですね」

真の呼びかけに顔を上げた女性は、二十代後半といったところか。髪を後ろで無造作に結わえて、Tシャツにハーフパンツという格好の彼女は、苦しそうに肩で息をしている。

「急に変なことを言い出して申し訳ないんですが、人力車の座席に……」

「はい？」

「座席に、その、鳥が乗っているんです」

女性が指さすほうを向いて驚く。言われたとおり、人力車に小鳥がちょこんと座っていた。

「いつの間に……って、……おい」

茶色い小鳥は額《ひたい》に読めない文字が書かれ、着物を着ている。どう見てもあやかしだ。

「は、はじめまして〜。お噂《うわさ》はかねがね……」

真の視線に焦《あせ》ったらしいあやかしは、くちばしをパクパクさせて挨拶《あいさつ》をする。

返事をしたいが、あやかしと女性との関係がわからないのでやめた。

「これはあなたの小鳥ですか？　ちょっと変わった鳥のようですが」

営業スマイルで探《さぐ》りを入れたとたん、女性は目を見ひらいた。

「やっぱり特殊な鳥ですよね？　見た目は普通の小鳥だから、他の人には気づかれないんです。でも、あなたにはわかるんですね？」

「まぁ、特殊と言えば特殊な鳥ですかね、はは」

どうやら、彼女にはあやかしバージョンの鳥の姿は見えていないらしい。ということは、この女性は人間である。

「だからあなたのところへ連れてきてくれたんでしょうね」

女性はポケットから取り出したハンカチで、額《ひたい》の汗を拭いた。よっぽど急いで来たのか、手ぶらである。

「連れてきたって、この鳥があなたを？」

「はい。私の願いを叶えるためにいてくれる小鳥なんです。そこがとても不思議で」

真夏の照りつく太陽は沈み、薄明るいオレンジが群青《ぐんじょう》の闇に支配され始めた。逢魔《おうま》が時《とき》、だ。

「おつかいモノ様っ！　この俥《くるま》は、おかしいっ！　恐ろしげな香りがしますぞ！」

突如、小鳥が騒ぎ出した。バサバサと羽を動かして、座席の上を跳ねている。

「何がおかしいんだよ。消臭は欠かさないし、ちゃんと整備済みだぞ？」

思わず返答してしまった。

真は恐る恐る女性へ目をやる。あやかしの存在、それが見える人間が鎌俥夫《しゃふ》にいること……、などが一瞬で頭の中を駆け巡った。

おかしな噂《うわさ》が立てば、鎌俥夫《しゃふ》はおしまいだ。

「すごい！」

女性は自分の両手を握りしめ、キラキラした目をこちらへ向けている。

「あなたは、この小鳥の言葉が理解できるんですね？」

「えっ、いえまぁ、なんとなく、はい……」

真は言葉を濁した。

「こんなことってあるんですね」

感激した女性は、人力車に乗っているあやかしへ目を向けた。

「私、子どもの頃から、この不思議な小鳥に何度も願いを叶えてもらいました。でもなぜか急に私の気持ちが通じなくなってしまって……困っていたんです」

女性は真を不審に思っていないようだ。ホッとしつつ、彼女の話に耳を傾ける。

「子どもの頃から、ですか?」

「ええ。そんなに長いこと野生の小鳥が生きられるわけがないって、母には信じてもらえませんが。でも確かに、ずっと家の庭にいるのは、この小鳥に違いないんです」

妖怪ならば長生きはするだろう。

「なぜ僕のところへきたんでしょう」

「たぶん、私の願いに対応できなくなって、小鳥があなたに助けを求めたのではないかと」

「なるほど」

これは新しいパターンだ。あやかしが直接、人間を連れてくるとは。

「とりあえず、小鳥が棲《す》み着いているという、お宅の庭を見せていただいてもよろしいでしょうか? そこで小鳥のお話を詳しく伺いたいのですが」

「ええ、もちろんです」

「僕は志木真といいます」

真の名刺を受け取った女性は「田中葵《たなかあおい》と申します」と、再び深々と頭を下げた。

「良かったらあなたも乗ってください」

「いえ、すぐそこですので……！」

「もう暗いですし、人力車のほうが早く着きますから」

葵を乗せるための準備を始める。

小鳥のあやかしが余計な妖怪を呼び寄せても面倒だ。闇が深くなる前に、葵の家に着きたい。

「ではあの、料金はおいくらでしょう？　このとおり、今は持ち合わせがないので、家に着いたら払いますね」

遠慮がちに訊《たず》ねる葵に、真は笑顔で首を横に振る。

「大丈夫ですよ。ちょっと社に連絡を入れますね、お待ちください」

念のため、真は風吹にもメッセージを入れておいた。


葵の家は鎌倉駅西口の線路沿いを北へ行き、路地へ曲がって五分ほど行った場所にあった。住宅街の一軒家。似たような二階建ての家が数軒並ぶ、建売住宅だ。

到着と時を同じくして風吹が合流する。風吹もまた、真同様、不思議なことがわかる者だと葵に説明すると、彼女は喜んで迎え入れた。

門から直接庭に行く。家の灯りが庭を照らしていた。

「小鳥はこの木に棲《す》んでいます」

葵が一本の木を指さした。それほど高さのない木は、青々とした葉を茂らせている。

「ほう」

風吹が葉に触れた。

「これは、なんの木ですか？」

真は葵に訊《たず》ねる。

「檸檬《れもん》の木です」

「へえ、初めて見ました」

「実は生《な》らないのか？」

風吹は言いながら、半袖《そで》から出た腕を、ぱちんと叩《たた》いた。蚊に刺されたようだ。

「僕、檸檬《れもん》って夏に実が生《な》ると思っていました」

見たところ、この木には何も実っていない。

「冬に実が黄色くなります。初夏に花が咲いて、その後青い実が生《な》るんですが、ある年から花も咲かず、実も一切つかなくなりました」

「ある年？」

「私が小学校三年生、父が亡くなった翌年です。同じ年、さっきの小鳥が庭に来て……」

そこで葵が目を伏せる。

「実は私、今年の秋に結婚するんです」

「あ、それはおめでとうございます」

真はぺこりと頭を下げた。めでたいな、と風吹もつぶやく。

「ありがとうございます。彼が名古屋《なごや》で働いているので、私もそちらへ行きます。母一人残すことになるので、寂しくなりますよね。この木に実でも生《な》ってくれれば気がまぎれるかもしれないと思うのですが……」

「この木に何か思い入れが？」

「家を購入してすぐに、父が植えたそうなんです。私が一歳の頃だったと聞いていますので、もう二十五年は経っているかと」

ということは、葵は二十六歳か。彼女が小学校三年生、九歳のときから十七年間、檸檬《れもん》の実は生《な》らず、小鳥が棲《す》み続けている。

「檸檬《れもん》の木に実が生《な》ること。それがあなたの願いですか？」

真の問いに、葵は首を横に振った。

「いいえ。父に会って結婚を報告したいんです。その手段が、あの小鳥でした」

「父親は亡くなっているんだろう？　どういう意味だ？」

風吹が顔をしかめた。

「檸檬《れもん》の木の前で『父に会いたい』と願えば、小鳥が下りてくるんです。そうすると、木に星が生《な》ります。檸檬《れもん》の実のように、黄色くて丸く輝く星です。それを取れば願いが叶って、父に会えるんです」

説明の途中で突如、葵が我に返った。

「あの、ごめんなさい。初対面の人にこんなこと話して。引いてますよね？　でも嘘じゃないんです、本当なんです……！」

葵の必死な気持ちを前にして、真の胸が痛む。

幼い頃に亡くなった父へ、自分の幸せをただ伝えたい。自分だったらそんなふうに思えるのだろうか、と。

「大丈夫ですよ。僕だって小鳥と話してるんですから。葵さんのお話も、おかしいことじゃありません」

真は苦笑しつつ、葵をなだめた。苦笑したのは自分の気持ちに、だ。

「ありがとうございます。そう言っていただけて、嬉しい」

泣きそうな顔で葵が笑う。

結婚前の女性は皆、このように美しいのだろうか。ふと真はそう思った。

「ところで、願いはいつでも叶うんですか？」

「いえ、一年に一度、父の命日だけです。父が亡くなった翌年、命日が近づいた頃、庭に出た私は夜空の星に『もう一度父に会いたい』と泣きながら願いました。すると小鳥が檸檬《れもん》の木から下りてきて、先ほどお話しした不思議なことが起きたんです。そのせいか、星を手にできるのは命日だけです」

「願いごとは他にも？」

「いいえ、父に会えることだけが願いでしたので。毎年命日の一週間前になると、檸檬《れもん》の木の下で小鳥にお願いします。すると小さな星が生《な》り、だんだん大きくなって命日に手にすることができるのですが――」

今年はその小さな星すら生《な》らなかったということか。

「それはいつなんでしょう？」

「八月七日、です」

言いにくそうな彼女の表情を見て、真は気づく。

「えっ、すぐじゃないですか」

「そうなんです……」

今日は八月四日だ。あと三日しかない。

「おい、真。そろそろ帰らないと、社に迷惑がかかるぞ。それに痒《かゆ》くてたまらん」

「あ、それはごめんなさい！　虫刺されの塗り薬、持ってきましょうか？」

葵が慌てると、「いや、大丈夫だ」と風吹は答え、ぼりぼりと刺された腕を掻《か》いた。

彼の腕時計は七時半をさそうとしている。確かにそろそろ帰らないと、父にいらぬ心配をされそうだ。

「とにかく、小鳥と話さなければなりませんね。お借りしてもいいでしょうか？」

真は木の上を見上げ、となりの葵に問うた。

「え、ええ、大丈夫だと思います」

「おーい小鳥。これから僕の家で、じっくり話を聞かせてもらうから、降りてこいよ」

「はいはい、ただいま、おつかいモノ様」

小鳥は、ぱたたと羽ばたいて、真の肩に降りてきた。

「わぁ、本当に来た！　志木さん、すごいですね」

悲しげな表情は消え、葵は手を叩《たた》いて無邪気に笑っている。

ここまで素直に喜ばれれば悪い気はしない。頑張ってみるか、と真は心の中で思う。

「ではこれで失礼します。何かわかり次第、すぐにご連絡しますので」

「どうぞよろしくお願いいたします」

真と風吹は小鳥を連れ、葵の家を離れたのだった。

小鳥のあやかしはおとなしく、鎌俥夫《しゃふ》にいる間は人力車の陰に隠れ、志木家に移動する際は真の肩にとまっていた。

志木家に戻り、祖父の部屋で真たちが夕飯を食べ終わるのも、じっと待つ。食後の麩《ふ》まんじゅうだけは食べたがったので、真は複数あるもののひとつを与えた。小鳥は大いに喜び、なんども礼を言う。

なかなか愛嬌《あいきょう》のある小鳥だ。

笹の葉にくるまれた麩《ふ》まんじゅうは、由比ヶ浜駅から数分の生麩《なまふ》専門店で母が買ってきたもの。生地はふんわりもちもちで、上品な甘さのこしあんを包んでいる。お茶によく合い、とても美味《おい》しい。

「お前、それが本当の姿ではないな？」

「えっ、なぜそれを？」

風吹の急な質問に小鳥がぎくりとする。その拍子に落とした麩《ふ》まんじゅうを、小鳥は慌てて拾って食べた。

「俺は大天狗《おおてんぐ》だからな。すぐにわかるさ」

「あ、あなた大天狗《おおてんぐ》なんですか？　人間だとばかり思っていました。化けるのが上手なんですねぇ。全然そんな感じしないのに。というか、大天狗《おおてんぐ》は実在しないと思っていました」

小鳥は本気で驚いている。妖怪同士でも、気づかないことがあるようだ。

「はぁ……、これだからニワカ妖怪は……」

風吹は大きくため息をついたあと、ブツブツ文句を言い続けた。

小鳥が葵の家の庭に棲《す》み着いたのは、十数年ほど前だ。風吹の存在を知らなくても仕方がない。

「小鳥の正体はなんなの？」

真は指についたあんこを舐《な》め、小鳥を見る。風吹の余裕からいって悪いモノではなさそうだ。

「お、お、おつかいモノ様っ？」

けれど小鳥は尻もちをつき、ずりずりと後ずさった。くちばしがパクパク動いている。

「なんだよ？　どうした？」

「あなたはそこに、な、何を、置いていらっしゃるのですか？」

「そこ？」

「その木箱です……」

小鳥が着物の袖口からはみ出た右羽でさすほうに、真は視線を向ける。

あったのは、祖父が生前使っていたと思われる蓋《ふた》つきの木箱だ。底にビロード地が敷いてあり、大切なものを入れるのにちょうどいいと思い、あの指輪を入れたのだが……

「ああ、これのこと？」

真は木箱を手にした。蓋《ふた》を開けて指輪に触れる。

指輪は相変わらず、とても冷たい。まるで木箱が冷蔵庫なのではと思えるほどに。

「ひいっ、しまってください！」

「この指輪がそんなに怖いの？」

「光ってるじゃないですか。その光が怖い……怖くてたまらない……」

ぶるぶると震えるあやかしは、とうとう両袖で頭を覆《おお》ってしまった。

「光ってる？　風吹、お前にも見えるのか？」

「いや、見えん」

「とにかく捨ててください……！　お願いします、お願いします……！」

部屋の隅で丸くなる。

「お願いしますったって、捨てるわけにはいかないんだよ」

客として乗せた男性の落とし物だ。支払いはきちんとしていたし、彼があやかしかどうかまだはっきりしていないのだから、無下にはできない。

「そこの大天狗《おおてんぐ》の御仁！」

小鳥がガバッと顔を上げた。

「なんだよ、唐突にお前は」

鳥の勢いに風吹が怯《ひる》む。

「あなたねぇ、本当に妖怪なんですか？　その指輪が恐ろしくないのですか？」

「……俺は妖怪だが、お前よりもよほど高位にいる大天狗《おおてんぐ》なんでね。あんな指輪、怖くもなんともないわ。気になるのは匂いだけだ」

明らかに不機嫌な声で答えた。無理やり上げた口角が、ピクピクと引きつっている。

「匂いといえば人力車の匂いも変でしたよね。でも、この指輪の香りはどこかへ引きずり込まれそうになって、こわ、怖いいい！」

「わかった、わかった。僕の部屋にしまってくるから、騒ぐなよ」

仕方なく、真は指輪の入った木箱を自室へ持っていく。この指輪は冷たいだけで、何も悪さはしてこない。風吹の言動からも、危険は感じられなかった。

なぜそんなにも恐れるのかという疑念がふくらむ。

祖父の部屋に戻ると、あやかしふたりは、冷たい麦茶を啜《すす》っていた。

真はふたりの会話を聞きつつ、座布団に座って自分も麦茶のグラスを手にする。

「そもそも、なんで檸檬《れもん》の木に星をつけたんだ？　お前がやっていたんだろう？」

「とても大事なことのようなんですが、急に思い出せなくなりました」

「忘れてしまったきっかけもわからんのか」

「わかりません。葵が願うと星が生《な》ります。その星を手にした彼女を、願いを叶える場所へ連れていくのですが、どこなのか思い出せません。それどころか、葵が願っても一向に星が実らず、どうにも困っておつかいモノ様を頼ったのです」

風吹が、ふむ、と腕を組んだ。

「鎌倉で星といえば、星の井くらいしか思いつかんな」

「極楽寺《ごくらくじ》のほうにある井戸の？」

真は、こちらを向いた風吹と視線を合わせた。

「そうだ。しかしあそこは、すでに使われていない井戸。そんなところへ行っても何かが起きるとは思えん。檸檬《れもん》の話も聞いたことはない」

小鳥は風吹と真の顔を交互に見て、思案している。

「星の井に心当たりは？」

真が訊《たず》ねると、「あるような、ないような。……思い出したくないような」と、何度も首をかしげた。

「葵さんのお父さんの命日まで、もう日がない。とりあえず明日、僕の仕事帰りに星の井へ行ってみよう」

「はい、ありがとうございます。どうぞ、よろしくお願いします」

「俺もあとから行ってやる。指輪の主のことも気になるからな。気を張っておけよ」

そう言って、残り一個の麩《ふ》まんじゅうを、風吹が口へ放り込んだ。

江ノ電長谷駅の次が極楽寺《ごくらくじ》駅だ。駅を出てすぐの場所に極楽寺がある。

極楽寺は一二五九年に北条重時《ほうじょうしげとき》により開基された、真言律宗《しんごんりっしゅう》の寺である。鎌倉で真言律宗の布教に努めた極楽寺の忍性《にんしょう》が、仏の道を実践するために、貧民や病人に極楽寺で救いの手を差し伸べた。境内には孤児院や養老院、貧しい病人のための入院病棟、入浴施設まであったという。その後、度重なる焼失と復興を繰り返し、今の姿となった。

ちなみに極楽寺駅は、ドラマや映画、漫画、小説など様々なジャンルの物語に起用されており、小さな駅にもかかわらず人気《にんき》のスポットである。

駅のリニューアル後もレトロな駅舎はモニュメントとして保全されており、自動改札での通り抜けは新しい駅舎で従来どおりにできる仕様だ。

「とりあえず駅前まで来たけど、先に極楽寺も行ってみるか？」

真は赤いポストのそばに人力車を停めた。目に入ったハンバーグの店に、空腹を刺激される。

「はい、お願いいたします、おつかいモノ様」

真は小鳥を乗せた人力車を牽《ひ》き、極楽寺前に到着した。

すでに寺は閉門している。周辺を一周してみたが、何も起きない。闇はますます濃くなり、他のあやかしに出くわしたが、無視する。日は落ちてもまだ蒸し暑い。

路地の隅に人力車を停めて、真はさてどうしたものかと腕組みをした。

「やっぱり星の井なのかな……」

星の井は、星月井とも書く井戸のことだ。

この井戸を覗《のぞ》くと、星が輝いて見えるという伝説が残っているが、今は蓋《ふた》がされていて実際に中を見ることはできない。明治の頃は極楽寺を訪れる人々で賑わい、そばに茶屋も多くあったらしい。

極楽寺坂を長谷方面に向かって下りていく。車が通る広い道路だが、誰もいない逢《おう》魔《ま》が時《とき》の道は少々うすら寒い雰囲気だ。

坂を下りきってすぐに星の井に到着した。

大きな蓋《ふた》で塞《ふさ》がれた井戸の横に石碑が建ち、星の井の歴史が刻まれていた。

周辺を見回しても住宅街があるだけで、何もない。

「何か思い出した？」

「特に何も……」

井戸の前で、小鳥が小さな肩を落とす。

「まぁ、元気出せよ。もう少し探してみよう。ヒントがあるかもしれないよ」

「ええ、そうですね。おつかいモノ様はお優しい」

小鳥がくちばしをひらいて、ニコッと笑った。やはり愛嬌《あいきょう》がある。

「わたくし鳥目なもので、すべておつかいモノ様に託《たく》します」

「結局人任せかよ」

呆れつつ、真はすぐ横の虚空蔵堂《こくうぞうどう》へ続く石段に目をやった。

ここへ到着したとき階段にいた、小物のあやかしたちが消えている。面倒そうなので無視していたのだ。

「やっといなくなったな。あそこも見てみるか」

つぶやくと同時に、足元からまぶしい光に照らされた。

「なんだ？」

目を落とすと、地面に現れた丸い光が真を中心に広がっていく。

「おつかいモノ様っ、気をつけて！」

小鳥の叫び声に返事をする間もなく、落ちた。

「うわぁぁーっ！」

丸い光は落とし穴だったのだ。

「あ、ああ、あああーっ！」

ただ叫ぶことしかできずに落下していく。周りは闇しかない。

どうにか顔を上に向けると、落ちた場所はすでに遙《はる》か遠く、丸い光は針の穴ほどの小ささになっている。

ここはなんだ？　道路が陥没したのか？　それとも、妖怪が棲まう異界に吸い込まれたのか？

「ふ、くっ、風吹いいーっ！」

　下から迫る圧に耐えながら、真は風吹を呼んだ。

「真っ！」

　声とともに体がふわりと浮き、落下が止まる。

「は、はぁ、あ……、生きて、る……？」

　暗闇のはずだが、目の前の風吹の姿は見えた。底に叩《たた》きつけられることのなかった安堵《あんど》で体がぐったりする。

「何をしてるんだ、この間抜け」

「風吹お前、すごいな。呼んどいてなんだけど、秒で来るとか、反応速すぎ……」

「ふん、まぁな」

　大天狗《おおてんぐ》姿の風吹は腕を組み、真を見つめた。

「ん？　この状況、おかしくない？　なんで手を使わずに僕を掴んでるんだよ」

「俺がお前を支えているわけじゃないからな」

「えっ？」

　慌てて顔だけ後ろを振り向く。ぼんやり見えたのは、茶色の巨大な鳥だ。

「う、うわっ、なんだこの鳥……！」

鳥は大きな足と爪で、真の両肩を掴んでいる。再び緊張したが、不思議と痛くはなかった。

「おつかいモノ様、こんな目に遭《あ》わせてしまい申し訳ありません。あなたの優しさによって、私の心が解《ほど》けたようです。おかげさまで星の道がひらけました」

真の顔を覗き込んだ鳥の額《ひたい》に、読めない文字が書かれている。

「お前、もしかして小鳥のあやかしか？」

「トンビでございます」

「ト、トンビにしてはデカすぎるだろ」

たじろいだ真は、鳥の両脚に手を伸ばす。堅い脚に掴まると体が安定して、緊張がほんの少し和《やわ》らいだ。

「こいつが小鳥の正体、トンビのあやかしだ」

ふわふわと浮く大天狗《おおてんぐ》が鳥の代わりに答える。

「そのとおりです。そして本当にあなた様は大天狗《おおてんぐ》だったのですね。失礼いたしました」

「ふん。わかればいい」

ふと真が下へ顔を向けると、海の上に浮かぶ島が見えた。

「ここはどこなんだ？　地下に海と島がある……？」

そちらへどんどん下りていく。

島は無数の灯りがつき、家や店が建ち並んでいた。見たことがある光景だ。

「この地下は葵の願いが叶う場所です。今、見えているのは、十八年前の江の島、そして葵と彼女の父親ですね。私も……思い出しました」

◇　◆

夏の江の島は、日が暮れても多くの人で賑わっていた。

葵はとなりに立つ父のTシャツの裾《すそ》を引っ張る。

「お父さん。ほら、星がたくさん見えるよ」

「本当だ。地平線はまだオレンジが残っているのに、今夜はよく見えるなぁ」

父も嬉しそうに空を見上げた。江の島の頂上から見る星は、いつもより近く感じる。

葵は父とふたりで江の島に遊びに来ていた。母は祖母と横浜へ買い物に行っているのだ。

「極楽寺のほうに、星が見える井戸があるんだよ」

「井戸って、地面の下なのに星が見えるの？」

「不思議だよなぁ。今度お父さんと行ってみようか？」

父が笑うと、葵も自然と笑顔になる。心がうきうきして、楽しいことがさらに楽しくなる。

魔法みたいだ。葵は母にも祖母にも、同じことを感じていた。

「うん、行く！　江の島もまた来ようね」

「ああ、また来よう。……ん？」

そのとき、父が外灯の下に目をやった。こちらを見ている何かがいる。

「お父さん」

「ああ、怖くないよ。暗くてよく見えないが、あれはトンビだ」

トンビなら知っている。鎌倉の上空を飛んでいる、ピーヨロロと鳴く大きな茶色い鳥だ。葵は胸をなで下ろして、トンビを見つめた。

「葵のおまんじゅうを狙っているのかもしれないな」

「トンビがおまんじゅう食べるの？」

右手で父にしがみついた葵は、左手のまんじゅうを確認する。

「ここらのトンビは人に慣れているからね。すいっと来て、手に持った食べ物を捕っていってしまう」

「じゃあ私のあげる。トンビさん、おいでー」

まんじゅうを差し出した葵の手は、父によって止められた。

「葵、ダメだよ。食べ物をもらえるのが当たり前だと思って、人を襲うようになる。

それはトンビのためにもよくないんだ。わかるね？」

「……そっか。残念」

「葵の優しい気持ちはトンビに伝わってるからさ」

「うん」

「行こうか。そろそろお母さんが帰ってくる」

「はーい。……ひゃあっ」

父と歩き出そうとした葵の目の前を、バサバサと何かが通り過ぎた。

「葵！　大丈夫か？」

しゃがんだ父に抱き寄せられたとき、その何かが上空へ飛び上がる。目で追った葵は、それがトンビだと知った。

「うん、なんともない。びっくりしちゃった」

「どこも怪我してないな？」

「全然。トンビさん、食べ物しか触らなかったよ」

「……よかった」

父が泣きそうな顔で葵をさらに強く抱きしめた。葵の心が、買ったばかりのおまんじゅうのように、ほかほかする。

葵と父は手をつなぎ、江の島の頂上を下りる階段へ向かった。外灯の下まで来ると、頭上から「ピーヨロロ」と鳴き声が振ってくる。

「トンビさーん、大事に食べてねー」

葵は父とつないでいないほうの手で、トンビに手を振った。その声に応えるように、トンビは二度旋回し、夜空を去っていく。

「本当に、星がきれい」

葵の瞳は星に負けないくらい、キラキラと輝いた。

◇

◆

江の島も葵たちも、どんどん真から遠ざかっていく。江の島の灯りが豆ほどになった頃、トンビが語り始めた。

「病《やまい》と空腹でうろうろしていた私は、どうしても我慢できず、葵の手からまんじゅうを奪いました。私に食べ物を与えようとした葵なら、許してくれると思ったのです」

真はトンビの脚を掴んでいる手に力を込める。

「ふかふかした甘いまんじゅうは、どういうわけか、私に不思議な力を与えました。父親の言った葵の優しさが、まんじゅうを通して私に伝わったのでしょう」

トンビは上へ上へと、飛んでいく。真のそばには、大天狗《おおてんぐ》姿の風吹もいた。

「私は小鳥に化けて葵たちのあとをこっそりつけました。そして、家の庭の檸檬《れもん》の木にとまって様子を窺《うかが》い続けたのです。何か恩返しはできないかと考えていました」

小鳥――トンビが葵に尽くそうとする理由だ。

「ですが間もなく、葵の父親は葵との約束を果たす前に、事故で亡くなってしまったのです。悲しむ葵を元気づけるために、私は彼が植えたという檸檬《れもん》の木の力を借りることにしました」

江の島はもう、見えない。暗闇の中にトンビの声が静かに響く。

「檸檬《れもん》が実をつける力を私がひとつに集約させ、星を実らせたのです。輝くそれは、私と葵にしか見えません」

「だから他に実が生《な》らないというわけか」

「ええ、そうです。葵の父親に会いたいという願いを叶えるために、私が作り上げた星を手に取れば、星の井地下の星の道へ通じます。そして、江の島で見た星空と共鳴して、葵は父親に会えます」

「死者と会えるなんて、そんなことできるのか？」

真はトンビの顔を振《ふ》り仰《あお》いだ。

「……それは、偽の父親なので」

トンビは悲しげな声で、ぽつりと言った。風吹がトンビの言葉を引き取る。

「お前が父親に扮したのだろう」

「……はい。私には、葵の父親を呼び出す力はありません。今年、檸檬《れもん》の実がつかなくなってしまったのはもしかすると、葵を騙《だま》し続けたことに対するバチが当たったせいかもしれない。それならば扮するのをやめたほうがいいのでしょうが、私は葵の願いを叶えてやりたいんです。いったいどうすれば……」

トンビの声が悲痛なものに変わっていく。

そのとき、真の心に疑問が生まれた。

幼い葵は父親の愛情を一身に受け、葵もまた、父親を愛していた。母や祖母に対する思いも同じだ。その彼女が父親を「間違える」ことなどあるだろうか。

「あのさ」

「なんでしょう、おつかいモノ様」

「ずっとそうしてきたのなら、今回も偽ものでいいんじゃないか？　葵さんは、お前が化けた父親を本物だと思ってるんだろ？」

「ですが今の私は、葵の父に化けられる自信がありません。おつかいモノ様が落ちた――この空間に通じる光の穴すら見つけられなかったんですから」

そうだよな、と風吹が相槌《あいづち》を打った。真は話を整理する。

「檸檬《れもん》の木に星が生《な》ればいいんだよな？」

「ええ」

「あとはここへ葵さんを連れてきて、トンビが父親に扮する。そして葵さんの結婚報告を受ける。彼女の願いはそれでいいんだよな？　普通の実がついてほしいという話はまた別として」

「たぶん、よろしいかと」

トンビは、うなずいた。

けれど、真の疑念はまだふくらみ続けている。そもそも、葵の本当の願いはそれで合っているのか……

「とりあえずここから出ようか」

「……おつかいモノ様」

「泣きそうな顔をするなよ。僕がいれば、また光の穴は見つかる。光の穴は、トンビの力が解放された証拠なんじゃないのか。少なくとも、ここに入れる力は戻っているんだ、大丈夫。自信を持って」

真は笑って、トンビの脚を軽く叩《たた》いた。

はい、とうなずいたトンビが、真を掴んだまま一気にバサバサと飛び上がる。次の瞬間、真と風吹、小鳥の姿に戻ったトンビは、星の井の前にいた。

翌日の昼過ぎ。

真と風吹は久しぶりに休みが重なったので、葵にアポを取った。ふたりは夜の檸檬《れもん》の木しか見ていない。昼間に訪れ、明るい場所で木を観察させてもらう算段だ。そこからヒントが得られればいいのだが。

「出かけるのか」

靴を履いている真に父が声をかけてきた。

父は爽《さわ》やかな水色のシャツにコットンパンツという、夏らしいリラックスした姿だ。鎌倬夫《しゃふ》で仕事のやりとりはするが、家の中ではあまり会わない。父は仕事に忙しく、真も鎌倉に来てからは、大学とバイト、そして「おつかいモノ」の毎日だ。

「うん、ちょっと行ってくる」

リュックを背負い直しながら答える。真はこの場から去りたい衝動に駆られた。

「どうだ、そろそろ倬夫《しゃふ》には慣れたか？」

「まぁまぁかな。一年経ってないし、わからないことはまだたくさんある。でも、先輩たちが教えてくれるから。『おつかいモノ』は強制的に慣れさせられたけどね」

「すまないな」

「父さんが謝ることないよ。そもそも――」

父が倬夫《しゃふ》の会社を始めたのは自分が元凶ではないか。そう言おうとして、口を噤《つぐ》んだ。

「真、お夕飯は？」

いいタイミングで母が現れる。真はふたりに笑顔を作った。

「食べてくるからいらないよ。じゃあ、行ってくるね」

玄関の引き戸を開けたとたん、息苦しい蒸し暑さと、庭の木々に止まっている蝉《せみ》たちの合唱に襲われる。

「遅かったな」

先に家を出ていた風吹が、門の外で真を待っていた。相変わらず、真の母に見られるのが恥ずかしいらしい。

「父さんと母さんに呼び止められたんだ。行こう」

「何か言われたのか？」

「いや、何も」

昼過ぎのうだるような厳しい暑さの中、葵の家へ向かう。

彼女の両親に対する素直な思いに触れたせいなのか、自分の両親に対する真の複雑な思いは増していた。

「もし僕が女の子だったら、父と母の気持ちはだいぶ違ったかもね。きっと、あそこまで気遣わせることもなかったと思う」

「お前が女子などと想像もつかないが、最近は女装もアリだと聞くぞ？」

「そういう意味じゃないっての」

真は苦笑した。こういうとき、あやかしである風吹の発想は真の暗い気持ちを吹き飛ばしてくれるからありがたい。

「女の子を危険な目に遭《あ》わせるわけにはいかないだろ？　祖父はどんなことをしてでも、『おつかいモノ』を断ったかもしれない。男に比べて非力だからとかなんとか、理由つけてさ。魔物に攫《さら》われないように、男児は女の子の格好をさせる風習があったっていうじゃない。女の子だとわかれば、あやかしは僕のことを諦めたかもしれないし」

仮定の話をいくらしてもしょうがないのだが、止まらなかった。

「それは、どうだろうな。あやかしに嘘をついたのがバレたら、ただではいられない」

「それは、そうか」

もし自分が葵みたいな女の子に生まれていたら。「おつかいモノ」の契約などせず、父は傭夫《しゃふ》の会社も作らず、お互い自由に、それでいて娘の幸せを見守る父親で……

「あ、そうか！」

「なんだ？」

「あのトンビがなぜ、星の井の穴に行けなくなったのか、忘れてしまったのか、わかったかもしれない」

止まらない思考のおかげで、たぶん、つながった。

父親に化け続けたトンビは本物の父親よりも、長い間、葵を見つめていたのだ。

「葵さんを星の井に連れていこう。小鳥は葵さんちの庭にいるんだよな？」

「檸檬《れもん》の木が一番落ち着くといって帰ったから、いるんじゃないか」

「よし、急ごう」


真夏の午後二時。真と颪吹、そして葵と小鳥は、星の井の前にいた。日差しが強く、立っているだけでじりじりと日に焼ける。

「あの、なぜここに？」

日傘をさす葵が真を振り向いた。彼女は涼しげなワンピースを着ている。

「星の井は、井戸の中に星が見えるという伝説が残っています」

「ええ。父に聞いたのを覚えています」

「それなら話は早い。檸檬《れもん》の木に実った星を持って、あなたがお父さんに会っていた場所が、星の井の地下なんですよ」

「え……？」

信じられないという顔をした葵は、真の肩に乗る小鳥に目を向けた。

「小鳥はここへ葵さんを連れてきていたんです。葵さんとの約束を果たせなかった、お父さんの代わりに」

真は小鳥を手に乗せた。

「葵さんのお父さんの気持ちを、小鳥は痛いほど感じていたんだよな？」

小鳥が目をそらしたが、真は続ける。

「葵さんが幸せになることを、まるで葵さんのお父さんのように、小鳥は一生懸命願っていました。だから小鳥は、葵さんとお父さんを引き合わせていたんです」

小鳥は真の手のひらで、じっと動かずにいた。

「行きましょう、葵さん」

「でも私、星を持っていません」

「今日は必要ありませんよ。僕らがいますから、大丈夫。それに小鳥は力が戻っていますのでご安心を」

「そうなの？」

葵が小鳥に訊《たず》ねると、小鳥はようやく顔を上げて、小さくうなずく。

そして、星の井の前にできた光の穴へ、皆を先導した。

この前のように穴に落ちるのではなく、星空が広がる丘の上に案内される。やはり小鳥は力が戻っていた。真が念を押したのも効いたようだ。

「ここは江の島から見た星空に似ているの。小鳥さん、ありが――」

葵が振り向いた先にいたのは、彼女の父親だった。

「お父さん……！　もう、会えないかと思った」

葵は父に駆け寄り、嬉しさいっぱいの笑顔を向けた。

「葵」

父もまた、優しい笑みで葵に応える。

「私ね、どうしても、お父さんに報告したいことがあったの。だから会えて嬉しい」

「なんの報告かな？」

葵は静かに息を吸い込み、そしてゆっくりと言葉を紡いだ。

「お父さん、私……、結婚します」

一瞬の間のあとで、父がうなずいた。

「……ああ、知っているよ。いい人が見つかってよかったね。おめでとう」

父の瞳には涙が浮かんでいるように見えた。

「ありがとう、お父さん。ううん、小鳥さん」

「えっ」

「あなたは私を慰《なぐさ》めるために、ずっと夢を見せてくれていたのでしょう？」

葵の声は震えていた。

「それは……」

父は葵を見つめたまま、動揺を隠しきれずにいる。

「ずっと私、あなたにお礼を言いたかったの、小鳥さん。あなたのおかげで、私はお父さんを失った悲しみから救われていた」

葵は父の手を取り、両手で握った。

「私は遠くへ行ってしまうけれど、もう心配しないで。私はたくさんの星をあなたにもらって強くなれた。だから、小鳥さんも私から解放されてね」

「あ、葵……」

「ありがとう、小鳥さん」

葵の瞳から涙がこぼれ、父親の手に落ちた。とたん、葵の父は茶色い大きな鳥に変化する。

「え、小鳥さんじゃないの？　ううん、違う、あなたは――」

「嘘をついていてすまなかった。小鳥の正体は私。そして、あなたの父親に扮していたのも、私なのだ」

葵は謝るトンビの羽を、父の手と同じようにそっと握った。

「もしかしてあなた、お父さんと一緒にいたときの、トンビさん……？」

「葵、美味《おい》しいまんじゅうをありがとう。私のほうこそ、お前にずっと礼がしたかったのだ」

トンビは葵から離れ、夜空へ舞い飛ぶ。

「トンビさん！」

「いつまでも葵の幸せを願っているよ」

星空へ吸い込まれるように、トンビは二度旋回し、ピーヨロロと鳴きながら消え去った。


じわじわじーという蝉《せみ》の声で、真は星空の世界から戻ったことに気づいた。同様に、風吹と葵が星の井の前に佇《たたず》んでいる。

「あ……、ここは」

葵が周りを見回し、真と風吹を確認した。

「戻ってきましたね」

「志木さん。ありがとうございました。本当に、本当に、ありが、とう……」

彼女の言葉は途中から嗚咽《おえつ》に変わっていた。

しばらく涙をこぼしていた葵が落ち着いた頃、真は問いかける。

「葵さんは気づいていらっしゃったんですね。あの小鳥がお父さんに化けていたことを」

「ええ。でもどうしてあの小鳥が、私によくしてくれているのか、言葉が通じないのでわからなかったんです。だから、小鳥さんの気持ちが、いえ、トンビさんの気持ちがわかってとても嬉しい。これで後悔なく鎌倉を離れることができます」

葵は涙を拭きつつ、笑顔を見せた。

「ほれ、落ちていたぞ」

風吹が葵の日傘を拾ってくる。

「ありがとうございます」

何度も礼を言う葵と、その場で別れた。彼女はこのあと江の島に行き、父とトンビの思い出の場所を確認するらしい。

彼女は極楽寺駅へ、真たちは反対方面の長谷駅へ向かった。

「あのトンビ、よく父親に化けることができたな。なぜ力を取り戻したんだ?」

腕で汗を拭きながら、風吹が問う。

「たぶん、あのトンビは葵さんの結婚に反対してたんだよ。僕らと一緒に葵さんの江の島の思い出を見て、その気持ちと向き合うことで力が戻ったんじゃないかな」

「葵の幸せを願っていたのに? 意味がわからん」

「いや、矛盾してるかもしれないけど、そういうものなんだ。娘に対する父親というのは」

トンビはずいぶんと長いこと、葵を見つめ続けていた。父に会える葵の喜ぶ姿を見るのが、生きがいと言ってもよかった。

だからこそ、人間の父親に近い感情を持ってしまったのだろう。

「それだけ真剣に彼女の父親になりきっていた。葵さんの幸せを願う気持ちと、まだお嫁に行かせたくないという気持ちが混乱を招いて、術を使えなくなった。術を使わなければ葵さんはお父さんに会えない。結婚の報告ができない。だからといって、結婚をやめるわけじゃないのも、わかっていたのに、無意識に術を閉じ込めてしまったんだよ」

自分がもし女の子に生まれていたらという想像から真が思いついたことが、どんぴしゃだったのだ。

そして、葵の本当の願いは、自分を優しく騙《だま》し続けていた小鳥に礼を言い、解放してやることだった。

「俺には娘がいないから、よくわからん」

「妖怪に娘、ねぇ……」

「異種結婚は昔からよくあるぞ。そののちに子どもも生まれているのだ。異類婚姻譚《いるいこんいんたん》も残っているくらいだ。おかしなことではない」

そういえば、大天狗《おおてんぐ》が恋をしたのは人間の姫だったという。

「じゃあ、風吹は異種結婚をしたかったんだ?」

そう言ってからかった真は自販機でペットボトルを買おうとし、違和感に気づいた。

「……風吹？」

となりにいたはずの風吹が、忽然《こつぜん》と消えている。

「おい、風吹――」

こつん、と足元に何かが落ちた。視線の先に、家に置いてあるはずの指輪が転がっている。真はしゃがんで手を伸ばした。

「……なんでここに？」

「万事解決か」

風吹とは違う男性の声が届いた。一瞬で真の肌が粟立《あわだ》つ。

冷たい指輪を拾った真は、慎重に顔を上げた。

そこには、指輪の持ち主がいた。真を見下ろして微笑《ほほえ》んでいる。

男の雰囲気に圧倒され、しゃがんでいる真の足が震えた。なぜかとてつもなく、男が怖い。動けない。

男と出会ったときと同じ蝉《せみ》の声が、頭の中を反響する。カナカナカナ……カナカナカナ……。あれはひぐらしだ。さっきまで鳴いていたのは油蝉《あぶらぜみ》ではなかったか？

風吹はどこへ行ったのだろう。通行人もいない。またいつものあやかしの世界へ連れていかれたのか。いや、風景は同じだ。だが同じなのに、違う。

額《ひたい》にじっとりと浮かんだ汗を拭くこともできずに、真は声を絞り出した。

「あの、この指輪を落とされました、よね？」

真はどうにか立ち上がって指輪を見せる。

「ああ、ありがとう」

差し出された男性の手のひらにそれを置く。今日も男性は三つ揃いのスーツを着込んでいた。こんなにも暑いのに汗ひとつかいていない。

「なかなかいい仕事っぷりじゃないか、おつかいモノさん」

「え？」

「この指輪はお前にあげるよ。いい名に変えてもらったな、真」

男は真の手を取り、指輪を手のひらに置き返す。指輪はさらに冷たくなっていた。

「……いい名にって、どういうことですか」

男は返事をせず、美しい顔に微笑《ほほえ》みを湛《たた》えたままでいる。

この男はいったい何者なのか。人間なのか、それとも……

「それに、『おつかいモノ』を知っているだなんて、あなたやっぱり、あやかし――」

「真！」

そのとき、風吹の声が響き渡った。周りの雰囲気がガラリと変わる。

人が歩いている。電車の音も聞こえる。ひぐらしの鳴き声が止んだ。

「まさかお前、鬼真丸か……？」

少し離れた場所から、大天狗《おおてんぐ》の姿に変わった風吹がこちらを凝視している。今、確かにその名を聞いた。

「真、こっちへ来い！」

風吹の怒声が真の体にビリビリと響く。

「何も今すぐ取って食いやしないさ。お前との決着もついてないしな、……大天狗《おおてんぐ》」

クスッと笑った男は、真の顔を覗《のぞ》き込んだ。

「真、必ずまたお前に会いに来る。楽しみにしていろ」

——動けない真を置いて、男はその場から消えた。

後日、真と風吹は、鎌倉文学館のそばの店に行き、かき氷を注文した。いつもの報酬である。

真はマンゴーミルク味、風吹はあんこや白玉とたい焼きがのったミルク味だ。

「かき氷とたい焼きって、どういう組み合わせだよ」

「素晴らしいではないか」

ふたりの間には、先日からぎこちない空気が流れている。

指輪の男は鬼真丸。

鎌倉文学館の前で、彼と出会ったときの直感は当たっていた。それもただのあやかしではない、風吹さえ眉をひそめる鬼真丸なのだから、異様さや恐怖を感じても不思議ではなかったのだ。そして――

彼は真が「おつかいモノ」だと知っている。

真に「いい名に変えてもらったな」と言ったが、あれはなんの話だろうか？　そして、どうして指輪を真に託《たく》したのか。トンビがあれほど指輪を怖がったのは、鬼真丸のものだったから？　しかし、指輪は冷たいだけで何も起こさない。なぜ鬼真丸が乗った人力車の匂いにトンビは怯《おび》えていたのか。それほどまでに恐ろしい存在が、真を食わなかったのはどうしてなのか。

疑問は尽きないが、聞ける雰囲気ではなかったのだ。

氷を半分ほど食べたところで、真は沈黙に耐えられず、口をひらいた。

「風吹、あのさ」

「鬼真丸のことなら謝る。あのときは油断した。すまん」

「風吹……」

「あいつは俺を恨んでいる。俺もまた、あいつを許さない。それだけだ」

「鬼真丸と敵対関係ってこと？　それは、桜の精が言っていた伽羅姫というのも関係してるんだよな……伽羅姫が風吹と恋に落ちた――」

「俺はお前を守る。この先もずっと、それは変わらない」

風吹は、そこで言葉を切り、かき氷の上にのっているたい焼きにかぶりついた。真は突っ込みすぎたことを反省する。けんちん汁を食べたときも風吹は黙ってしまったのだ。

真も冷たい氷を無心に食べる。ここの氷はまろやかで、いくら食べてもキンとくる頭痛は起きなかった。

「――次は……」

風吹の目つきが変わる。伽羅姫のことを話す気になったのだろうか。

「何？」

真は身を乗り出した。

「次は御成通《おなりどお》りのジェラートを食おうと思ってる」

「……は？」

「期間限定の商品があるのだ。急がないとなくなってしまうから、お前は今月中にもっと『おつかいモノ』を頑張ってくれ。社長の報酬を早めに受けないとならん。もう給料の残りが少ない」

あっけに取られた真は、眉間に皺《しわ》を寄せて言い返した。

「食いもんで無駄遣いばかりしてるからだろ。僕が頑張ったって、結局その報酬はいつも風吹が預かってるじゃないか。たまには報酬で焼き肉でも食いに行きたいのに」

「俺は甘党なのだ。それに、旨《うま》いものを見つけるのは、真より俺のほうが得意だからな」

　真剣に悩むのがバカらしくなってくる。

「今度は自分で買いに行けよ？　あのクソ重たいクーラーボックスは持ちたくないからな」

「時と場合によるな、それは」

　風吹は早速スマホを取り出してジェラートの情報を確認している。マメなあやかしだ。

　風吹の手を見つめながら、真はふと気づいた。鬼真丸に感じていたのは……

「あいつ、鬼真丸って僕に似てない？」

「え？」

「顔じゃなくて雰囲気が。初めは知り合いかと思ったんだけど、僕に似てるからそう思ったのかなって」

　風吹が顔をしかめる。

「お前はあいつに似てないぞ。背格好は似ているかもしれんが、まったく違う」

「そっか」

　真は自分の思い違いにホッとする。

「お前が似ているのは――」

言いかけた風吹の後ろから、ひょいと知った顔が覗《のぞ》いた。

「ねーねー、オレもかき氷食べたーい」

「あ、小天狗《こてんぐ》じゃないか。久しぶりだな」

「どこをほっつき歩いてたんだ、お前は」

一週間以上、小天狗《こてんぐ》の姿を見ていなかった。こういうことはしょっちゅうなので、特に心配はしていなかったが。

「マコトのために頑張ってましたー、えへへ」

小天狗《こてんぐ》が、にこーっと笑う。暑いのか、着物の袖《そで》をまくり上げてたすき掛けをしていた。細く白い腕がにゅっと伸びる。

「何を頑張ったんだ?」

「『おつかいモノ』のご用はありませんかって、いろんなところで聞いてきたんだよ。おつかいモノにお任せくださーい、人力車に乗ってお手伝いします、一回いちまんえんだよー!　って」

「ええっ⁉」

真は思わずスプーンを落としそうになった。

春、桜の精は、「おつかいモノ」の情報を小天狗《こてんぐ》から得たと言ったが、ここまでストレートに情報を振りまいていたとは予想外だった。

「鎌倉山と源氏山と材木座に行って、それから稲村ガ崎と七里《しちり》ガ浜《はま》も回ったんだよ！　えらいでしょ？　褒めて褒めて」

小天狗《こてんぐ》ははしゃいで、天井からぶら下がる電灯の間をすり抜ける。上手《うま》いものだ。

「お前なぁ……。あ、もしかして、トンビにも、『おつかいモノ』の話をしたのか？」

「トンビ？　トンビなら仲がいいけど、妖怪のトンビは知らないよ。いいなぁ、オレも会いたかったなぁ」

「じゃあ、あいつはどうやって知ったんだろう」

「妖怪どもの口コミだろ」

風吹が口を挟む。彼はすでにたい焼きをたいらげ、かき氷も残り少なくなっていた。

真は小天狗《こてんぐ》にスプーンを貸して、自分のかき氷を分けてやる。

「結構あちこち回ったんだな。ま、あっちから来てくれるなら、僕が捜《さが》しているあやかしが早く見つかるかもしれないか。ありがとな」

「うん。……でも」

小天狗《こてんぐ》が目を伏せた。

「長谷のあたりは行けなかった。なんか、怖くて。……なんでだろうね、わかんないや」

ははは、と顔を歪《ゆが》ませる。

真が鬼真丸と巡ったのは長谷エリアだ。小天狗《こてんぐ》も彼の気配を察知したらしい。

かき氷をひと口食べた小天狗《こてんぐ》は、そうだ、と言って明るい表情に変わった。

「あのね、マコト宛てのお手紙を持ってきたよ。しゃちょーがマコトの部屋に置きに来たんだ」

小天狗《こてんぐ》はテーブルの上に黄色いラインの入った封筒を置く。宛先の住所は鎌倅夫《しゃふ》なので、父が家に持って帰ってきたのだろう。

「あ、葵さんからだ」

「ほう？　早速何か進展があったのか？」

風吹と一緒に手紙を読む。

あの日、星の井から帰ると、庭の檸檬《れもん》の木に一斉に花が咲いたという。実がついて黄色い檸檬《れもん》になったら、鎌倅夫《しゃふ》に送ってくれるそうだ。プリントアウトされた檸檬《れもん》の木の写真も入っている。

「葵さんのお母さんも喜んでる。良かった、これで願いが叶ったね」

「トンビの思いが昇華されて、檸檬《れもん》の木が本来の姿に戻ったのだろう」

真の心がじんわりと温かくなった。

あやかしとかかわるとひどい目に遭《あ》うが、こんなふうに嬉しいこともある。

「――暑いな～、あっ！　志木じゃん！」

そのとき、店内に入ってきた男性の言葉で、真は振り向く。

「大野？」

「おおー、お前こんなところにいたんだ！　会えた！　奇跡だ！」

大学の友人、大野が嬉しそうにこちらへ来る。彼もかき氷を食べにきたらしい。

「志木に外で遊ぶ友だちがいて、安心したよ」

大野はうんうんとうなずいた。友だちとは風吹のことか。

「友だちっていうか、俥夫《しゃふ》の先輩なんだけど」

「えっ、そうなんだ！　先輩、すみません！」

「いや、別にかまわんが」

大野は連れの女の子と一緒に、となりのテーブルに着いた。店内は狭いので、強制的に近くになってしまう。小天狗《こてんぐ》は興味津々《しんしん》で彼らを見つめている。

「奇跡ってなんなの？」

真は大野に訊《たず》ねた。

「それがさ、聞いてくれよ。鎌倉に遊びに来たついでに志木の人力車に乗ろうと思って探したんだけど、休みだって言われてさー」

「えっ」

意外な答えに驚く。

風吹が突然椅子から立ち上がり、大野に深々とお辞儀した。

「お客様でしたか！　それは大変申し訳ありませんでした！」

「い、いえそんな、志木の先輩、やめてくださいよ」

大野が焦《あせ》りながら、風吹を椅子に座らせる。すぐに大野たちのかき氷が運ばれてきた。女の子が美味《おい》しそうに氷を食べている。

「彼女と来てくれたんだね。ありがとう」

「まゆちゃんだよ、お前も同じゼミだろ」

これが噂《うわさ》のまゆちゃんか。彼女は真にぺこりとお辞儀をした。ポニーテールがよく似合う。

「ああ、そうだったね。……良かったじゃん」

真が意味深に笑うと、大野が慌てふためいた。

「いやその、志木の人力車の話がきっかけで近づけたというか、まぁそういうことだよ。お前に感謝してる」

「どんどんダシに使ってくれていいよ」

大野がまいったなぁと、彼女に同意を求める。「まゆちゃん」は真に笑顔を見せた。

「志木くんの人力車、乗れなくて残念」

「今度またふたりで来て。シフトは大野に教えておくから。カップル用のコースを考えとくよ」

「うん、ありがとう」

「俺のおすすめも教えますよ」

風吹が割り込んでくる。彼は俥夫《しゃふ》の仕事に自負を持っているため、後輩には任せておけないのだ。

「志木より、先輩のほうが頼りになりそうですね」

「まぁ、当然ですね」

大野に向けて風吹が胸を張る横で、小天狗《こてんぐ》がクスクスと笑っている。

弾む会話を聞きながら、真はテーブルの上に置いた檸檬《れもん》の木の写真に目を落とした。花の次は青い実が生《な》り、冬になれば黄色く変化する。それはまるで夜空に輝く無数の星に見えるだろう。それをひとつに凝縮させれば、光り輝く星になるのは、当然に思えた。

葵の父が植えた檸檬《れもん》の木。トンビに力を貸したのは、葵の父自身だったのかもしれない。

そんなことをぼんやり考え、残りのかき氷にスプーンを差し入れた。シャクシャクとかき混ぜて口へ放り込む。

鬼真丸に出会ったことによる不快感はいつの間にか消えている。

甘く溶けた氷は、鬼真丸にもらった指輪の温度を思い出させた。

参考文献

「図説　鎌倉伝説散歩」原田寛著　河出書房新社（２００３）
「鎌倉街道伝説」宮田太郎著　ネット武蔵野（２００１）
「鎌倉観光文化検定」監修・鎌倉商工会議所　かまくら春秋社（２０１１）
「神社の基礎知識」　神宮館（２０１３）
「神恐ろしや」三浦利規著　ＰＨＰ研究所（２０１８）
「江戸時代のすべてがわかる本」大石学編著　ナツメ社（２００９）
「太陽」No.446　特集　鎌倉　平凡社（１９９８）
「鎌倉の西洋館　昭和モダン建築をめぐる」柴田泉著・萩原美寛写真　平凡社（２０１１）
絵柄天神社公式サイト　http://www.tenjinsha.com/
佐助稲荷神社公式サイト　https://sasukeinari.jp/
建長寺公式サイト　https://www.kenchoji.com/
鎌倉タイム～地元記者発、鎌倉観光ガイド　https://kamakura-guide.jp/

九つ憑き《コノツキ》

あやかし狐に憑かれているんですけど

上野そら
Uwano Sora

前々々々々々々世から憑かれていたようです

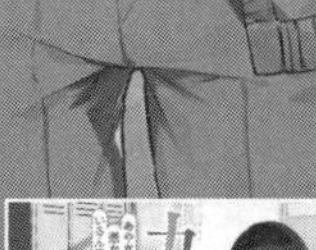

何かとツイていない大学生の加《か》納《のう》九《この》重《え》は、ひょんなことから土屋霊能事務所を訪れる。そこで所長の土屋は、九重が不運なのは九尾の狐に憑かれているせいであり、憑かれた前世の記憶を思い出し、金さえ払えば自分が祓ってやると申し出た。九重は不審に思うが、結局は事務所でアルバイトをすることに。次第に前世の記憶を取り戻す九重だったが、そこには九尾の狐との因縁が隠されていた——

◉定価：本体640円＋税　◉ISBN:978-4-434-27048-2　◉Illustration：Nagu

あやかし蔵の管理人

朝比奈 和
あさひな・なごむ

1〜3

居候先の古びた屋敷はあやかし達の憩いの場!?

突然両親が海外に旅立ち、一人日本に残った高校生の小日向蒼真は、結月清人という作家のもとで居候をすることになった。結月の住む古びた屋敷に引越したその日の晩、蒼真はいきなり愛らしい小鬼と出会う。実は、結月邸の庭にはあやかしの世界に繋がる蔵があり、結月はそこの管理人だったのだ。その日を境に、蒼真の周りに集まりだした人懐こい妖怪達。だが不思議なことに、妖怪達は幼いころの蒼真のことをよく知っているようだった──

◎各定価：本体640円+税　　◎Illustration：neyagi

全3巻好評発売中！

フリーペーパーのグルメ記事を担当している若菜。恋人にフラれた彼女は、夜道で泣いているところを見知らぬ男性に見られ、彼が営む料理店へと誘われる。細い路地を進んだ先にあったのは、なんとあやかしたちが通う不思議な飯屋だった! 最初は驚く若菜だったけれど、店主の古橋が作る料理はどれも絶品。常連のあやかしたちと食事を共にしたり、もふもふのスネコスリたちと触れ合ったりしているうちに、疲れた心が少しずつ癒されていき——?

◎定価:本体640円+税　◎ISBN:978-4-434-26966-0

◎Illustration:カズアキ

この作品に対する皆様のご意見・ご感想をお待ちしております。

おハガキ・お手紙は以下の宛先にお送りください。

【宛先】

〒150-6008 東京都渋谷区恵比寿4-20-3 恵比寿ｶﾞｰﾃﾞﾝﾌﾟﾚｲｽﾀﾜｰ 8F
（株）アルファポリス　書籍感想係

メールフォームでのご意見・ご感想は右のＱＲコードから、
あるいは以下のワードで検索をかけてください。

アルファポリス　書籍の感想　検索

ご感想はこちらから

アルファポリス文庫

鎌倉《かまくら》であやかしの使《つか》い走《ぱし》りやってます

葉嶋ナノハ（はしまなのは）

2020年 2月 20日初版発行

編　集－黒倉あゆ子
編集長－太田鉄平
発行者－梶本雄介
発行所－株式会社アルファポリス
〒150-6008 東京都渋谷区恵比寿4-20-3 恵比寿ｶﾞｰﾃﾞﾝﾌﾟﾚｲｽﾀﾜｰ8F
TEL 03-6277-1601（営業）　03-6277-1602（編集）
URL https://www.alphapolis.co.jp/
発売元－株式会社星雲社（共同出版社・流通責任出版社）
〒112-0005 東京都文京区水道1-3-30
TEL 03-3868-3275
装丁イラスト－夢咲ミル
装丁デザイン－AFTERGLOW
印刷－中央精版印刷株式会社

価格はカバーに表示されてあります。

落丁乱丁の場合はアルファポリスまでご連絡ください。

送料は小社負担でお取り替えします。


ISBN978-4-434-27041-3 C0193